獣人アルファと恋の暴走

CROSS NOVELS

成瀬かの
NOVEL:Kano Naruse

央川みはら
ILLUST:Mihara Okawa

CROSS NOVELS

ヴィハーン（ラージャ）
獣人のアルファ。迷宮都市アブーワを治める公爵家の嫡男であり迷宮探索におけるトップランカー。
アニク
ヴィハーンとシシィの間に授かった獣人の赤ん坊。生後半年。
シシィ（ヴィヴィアン）
孤児のオメガ。ヴィハーンとパーティーを組み迷宮攻略中、恋に落ちる。実はヴィハーンの許嫁だった。

オム・シュリア・ドゥルーブ
シシィの血の繋がらない獣人の弟たち。
可愛いらしい外見に反してかなり有能。ブラコン。
ジュール
エルフ。迷宮を管理する守護組織《キーパーズ》の
支部長。夢のような美貌だが辛辣。
ユージーン
獣人のアルファで魔法大国ワーヤーン
の第五皇子。シシィを自分の運命の
つがいだと信じている。

CONTENTS

CROSS NOVELS

獣人アルファと恋の暴走

9

あとがき

239

CONTENTS

獣人アルファと恋の暴走

Beastman α and
Stampede of Love

CROSS NOVELS

かつてアブーワには何もなかったらしい。

砂漠と海の狭間《はざま》に位置しているから景色こそ雄大だが、水場もなければ木陰もない、旅人が早足で通り過ぎようとする場所。

でもある日、大きな穴が見つかったことですべてが変わる。最初は何の変哲もないと思われた穴の中には、地上とはまるで違う動植物が息づいていたのだ。

穴は迷宮《ダンジョン》と、内部に棲息する生き物は魔物と名づけられた。魔物の血肉は信じがたいほど有用で、たとえば水石《アクアロック》という生き物は、核を砕けば水袋一杯分の真水を得られた。水を得られるようになったおかげで、アブーワには街ができた。

更に、舌が蕩《とろ》けるほど美味な肉や、鉄よりも丈夫な甲殻《こうかく》、どんな病もたちどころに治す薬茸《くすりたけ》が見つかり、アブーワには人が殺到した。

そのうち世界中で迷宮が見つかるようになったけれど、どこより古い迷宮を擁するアブーワは『始まりの街』と呼ばれ特別視されている。

いまだ攻略されたことのないアブーワ迷宮は成長を続けており、今では何階層あるかもわからない。他にはない貴重な素材を得られるアブーワは探索者《シーカー》たちの憧れの地だ。もっとも、価値ある魔物ほど強く凶暴で、富を得るどころか命を失う者の方が圧倒的に多いのだけれど。

◇　◇　◇

赤ちゃんが泣いている。ふええんと細い声で、切なげに。

お腹が空いたのかな、それともおむつが濡れているのかな。あたたかなベッドの上で、起きなきゃとシシィは思う。でも、目蓋《まぶた》が重くて、どうしても上がらない。

どうしてこんなに眠いんだろうと不思議に思いつつ目をこじ開け、シシィは仄《ほの》かに口元を綻《ほころ》ばせた。

広いベッドの隅でまだ上半身裸の旦那さまが、長躯を丸めて二人の間にできた赤子――アニクのおむつを取り替えようとしている。

赤子を扱うシシィの旦那さま――ヴィハーンの手つきは危なっかしいけれど、何とも愛情に満ちていて。

シシィはやわらかな気持ちのままに手を伸ばし、ヴィハーンのしっぽにキスする。すると闇夜のように黒く艶々としたしっぽの先っぽがぴくりと上がった。

「おはよう」

シシィは笑みを深くする。

ヴィハーンの低い声音は怒っているのかと思うほど素っ気ない。ばさばさと乱れた黒髪の隙間《すきま》から覗く赤い目は何とも禍々《まがまが》しく、盗賊ですら裸足で逃げ出すであろう怖さだ。顔立ちが整っている分、凄みがあって、見つめられると背筋がぞわぞわしてくるけれど、この男が誰より優しいことをシシィは知っている。

「おはようございます、ヴィハーン」

朝のキスをするために起き上がろうと思ったのだけれど、どうやら躯《からだ》がまだちゃんと目覚めていなかったらしい。かくんと肘《ひじ》が折れ、シシィはくしゃくしゃの白い布に顔から突っ込んでしまった。

「わぷっ」

あ、これ。敷布《シーツ》に紛れて気づかなかったけど、ヴィハーンのシャツ《クルタ》だ。

緩くウェーブを描く髪が敷布の上に広がる。息を吸い込むと、ヴィハーンのにおいが鼻腔いっぱいに広がり、くらり、頭の芯が揺らいだ。

ああでもヴィハーンのにおいに酔っている場合じゃない、起きなきゃと己を叱咤《しった》していると、ヴィハーンがシシィの頭の上に手を置いた。

「もう少し寝ていろ。おむつくらい俺が替える」

「でも。僕、おかあさん、なのに……」

おかあさん。孤児であったシシィにとっては夢の存在だ。

シシィの思い描くおかあさんは赤子が泣いていたらのんびり寝てなんかいない。即座に起き出して、お世話してあげる。だからシシィもそうしようと思っていた。

「まだ本調子ではないおまえに無理をさせたのは俺だ。そら、これもやろう」

ベッドの上に脱ぎ捨てられていた上着がシシィの鼻先へと差し出される。素膚の上に羽織ったのか、ヴィハーンのにおいが濃く香り、シシィは思わず上着を抱き締めた。

「ん――……」

顔を埋めて深呼吸し、うっとりと目を細め――はっとして上着を顔から剝がす。

「また我を忘れてにおいを嗅ごうとしちゃった……」

「？　何だ、嗅いだら駄目か？」

「駄目っていうか……行儀が悪い……？」

寝起きでもさもさした頭が不思議そうに傾げられた。

「つがいのにおいに惹かれるのは当然のことだ。ここには俺とアニクしかいないのだから、好きにすればいい。特に発情期なのにつがいと一緒にいられない場合などは、においの残る服が独り寝のつらさを軽減してくれると聞く。恥ずかしがる必要はない」

「そうなんですか⁉　そういえば、僕、発情期を一人で過ごしたこと、なかったな……」

いつもシシィより先ににおいに気がついたヴィハーンが傍《そば》にいてくれたからだ。

ヴィハーンがシシィの縺《もつ》れた癖っ毛を指で梳《す》く。

「わかったら寝ろ。いつも休む間もなくアニクの世話に追われているのだろう？　俺がいる時くらいゆっくりしていい」

何という甘美な誘惑だろう。

正直に言えば、赤子の世話はシシィが思い描いていたのと全然違った。十倍も大変で、十倍も疲れる。夜も満足に寝られない。寝てていいなら寝ていたい。

——ああでも、赤ちゃんのお世話より朝寝を取ったりしたら、おかあさん失格じゃない……？

葛藤していると、ベッドがぎしりと軋《きし》む。影が差したのに気がつき目を上げると、シシィの躯を跨《また》ぐように手を突いたヴィハーンが身を屈めていた。ところどころに守り石が留められた長い黒髪の先に膚をくすぐられ、あ、と思った瞬間に唇が重なる。

「ん、う……」

挿《さ》し入れられた舌の動きはゆるやかで優しく、シシィは小さく震える。

蕩けてしまう。躯も、心も。

あんまりにも気持ちよくて、ふわふわ、ふわふわ、雲の上まで舞い上がってしまいそう。

「とろんとした目をしているぞ。まだ眠いのだろう？　無理をするな。……ヴィヴィアン」

「……っ」

声を低め、耳元で囁《ささや》かれ、シシィは両手で顔を覆った。この人はどうしてこういう時だけ本当の名前で呼ぶのだろう！

シシィの本当の名前はヴィヴィアン。『シシィ《弱虫》』は弟たちにつけられたなんちゃって『二つ名』である。公子のつがいになったのだし、あだ名などではなく本当の名前で呼んでもらうべきなのだろうけれど、ヴィヴィアンなんて貴族めいていて上品すぎる。公式な場以外ではシシィで通してきたせいだろうか、たまにこうやってヴィハーンに呼ばれると全身がむずむずした。

観念したと思ったのか、最後に無骨な指を卵色の髪の間に滑らせると、ヴィハーンはまだぐずっている赤子へと注意を向ける。シシィはヴィハーンの言葉に甘えることにし、おむつを替えるかすかな音を子守り歌にうとうとと微睡み始めた。だが、アニクの泣き声はいっかなやまない。

――これ多分、おむつじゃなくておっぱいだ。

片目だけ薄く開けてみると、ヴィハーンの耳がぺそりと倒れていた。泣きやまないアニクに途方に暮れているのだ。

シシィの胸は不器用な旦那さまへの愛おしさではち切れそうになった。

「アニク、お腹が空いてるみたいですね」

えいやと起き上がって積み上げたクッションに寄りかかり、寝間着の胸元をはだける。

「……すまん」

「仕方ありません。赤ちゃんは寝て食べて泣くのが仕事ですから」

ヴィハーンが諦めた様子でアニクを差し出した。シシィが受け取ると、アニクがあーと小さな口を開ける。乳首を含ませれば、んっくんっくと力強く吸いながらもみじのような手をきゅっと握り、交互にシシィの胸を押し始めた。何のためかわからないが、獣人の赤ちゃんはこういう仕草をよくするらしい。可愛いなあと思って眺めていると、ヴィハーンが隣に移動してきた。すり、と頭を擦《す》り寄せ、しっぽまで腰に回してくる。

無骨な男がぎこちなく示す甘えた仕草がたまらない。シシィは授乳しつつ、ヴィハーンの耳の後ろを掻いてやった。

「後は僕が見ますね。おむつ、替えてくださってありがとうございました」

ヴィハーンの目が気持ちよさそうに細められる。

「俺はおとうさん、なんだから、これくらい当然だ。……それよりもっとそこ、掻いてくれ」

「ここ？　気持ちいいんですか？」

「ん」

黒く丸っこい耳がふるふると震える。髪に何度もキスが落とされた。くっついている背中があたたかい。

幸せを噛みしめていたら賑《にぎ》やかな声が近づいてきた。形ばかりのノックに続き弟たちが部屋の中へ雪崩《なだ》れ込んでくる。

「おはよー。ししー、おきたー？」

語尾を伸ばしのんびりと喋る、みかん色の毛色も鮮やかなこの弟はドゥルーブだ。

「あにくにおっぱいあげてるろ？」

いくつになっても舌足らずな話し方をするのはオム。茶トラの耳がぴこぴこと元気いっぱいに動いている。その横で雪のように白いしっぽをゆらゆらさせている弟はシュリアという。

「きょーのべにこけもものぱんけーき、うまかったぜ。とろとろのあかいのがすっぱいのにあまくてよ。ししー、くったか？」

早く大人になりたいのか背伸びした話し方をするシュリアは年嵩《としかさ》の三人の中でも活動的で、悪さもするけれどお手伝いもいっぱいしてくれるとてもいい子だ。

遅れてぽてぽて走ってきた年下の子たちがベッドを囲み、わあわあ賑やかにお喋りを始める。それぞれの頭の上で小さくて丸っこい耳がぴこぴこ動く様の、何と愛らしいことだろう。

「おはよう。今、起きたところだよ。朝ご飯はまだなんだけど、そんなに美味《おい》しかったならぜひ食べなきゃだね」

「運ばせよう」

ヴィハーンが使用人に指示するためベッドを下りると、弟たちが我先にとベッドをよじ登り始めた。ベッドが高すぎて上れない子は大きな子——と言っても、耳の先だってシシィの腹に届かない——が尻を押し上げてやる。弟たちはシシィを囲むと、お腹がいっぱいになって眠くなってしまったのか、乳首を含んだまましまうとうとし始めたアニクの顔を覗き込んだ。

「かあいいねえ」

オムがちっちゃな手でアニクの頬《ほほ》をつつくと、はっと目を覚ましたアニクが再び乳を吸い始める。でも、また眠そうに目蓋が下がり始めたので、シシィは乳を飲ませるのをやめ、とんとん背中を叩《たた》いた。すぐに、けぷっと満足そうなげっぷが漏れ、アニクはそのまま寝入ってしまう。

息を詰めて見つめていた弟たちがほうと息を吐いた。寝間着を直していると、廊下からまた別の声が聞こえてくる。

「おはようございます、兄上、シシィ。朝食をお持ちしました」

弟の一人がベッドから飛び降り扉を開けに行くと、黒髪をさっぱりと短く整えた青年が大きな盆を捧げ持ち、軽やかな足取りで入ってきた。ヴィハーンの弟――シシィにとっては義理の弟――のルドラだ。

「えっ⁉　ルドラさん⁉　すみません、運んでもらってしまって」

慌《あわ》ててベッドから立ち上がろうとするシシィに、卓に盆を置いたルドラが手を振る。

「ああ、気にしないで座っていてください。シシィは毎日、手の掛かる兄上と赤ちゃんのお世話で大変なんですから」

「おい」

着替えをしていたヴィハーンが衣装部屋から顔を覗かせ、ルドラを睨《にら》む。きつい眼光に、端《はた》から見ていただけの弟たちでさえしっぽを膨《ふく》らませたのに、生まれた時から共にいるルドラは平然としていた。

「本当のことでしょう？　――おっとどこへ行くんだ、おちびちゃん」

会話をしながらルドラが、さりげなく廊下に出ようとしたオムのシャツをひょいと摑《つか》んだ。

「んーとんーと……」

「君たちはそろそろお勉強の時間だろう？　一緒に講堂へ行こうか」

「ええー」

シュリアまで厭そうな声を上げた。オムとシュリアは机に向かってお勉強するのが嫌いなのだ。

「えーじゃない。ほらほら皆、行くよ」

ルドラに急かされ、弟たちがベッドから滑り降りる。シュリアだけはてこでも動かないとばかりに、上掛けの下に頭を突っ込んだけれど、お尻が見えていては何の意味もない。ルドラに引っこ抜かれ、小脇に抱えられてしまう。

「それじゃ、また」

右腕にオム、左腕にシュリアを抱え、ルドラが寝室を出てゆく。

「ありがとうございます。いってらっしゃい」

ひらひらと手を振り弟たちを見送ると、シシィはヴィハーンと一緒に窓辺のソファで朝食をとった。弟たちが言っていた通り紅苔桃《べにこけもも》のジャムが添えられたパンケーキが美味しくていつもより食が進む。

食事が済むと、代々この公爵家に仕えておりヴィハーンのことも生まれた時から知っているプラディープ老と、その孫のカビーアが来て身なりを整えてくれた。今日は王都から来る客に挨拶《あいさつ》だけしてくれと言われているのだ。

微量の霊薬を塗り込んで艶を出した髪を所々編み込んでから守り石を留める。大きな腰布を巻くようにして形作るズボンは獣人ではないシシィには馴染みがなく、着るたびに四苦八苦させられるが、夫婦で違う装いをするわけにはいかない。カビーアに手伝ってもらい何とか形になったら丈の長い上着を羽織る。シシィは草色、ヴィハーンは黒のお揃《そろ》いだ。

すべて整い、お茶を飲んで一息ついていると、使用人が呼びに来た。

部屋を一歩出たところで、ヴィハーンが耳をひくつかせる。

「……随分《ずいぶん》と大勢が集まっているようだな、じい」

プラディープ老がそのようですなと頷《うなず》いた。

「歓迎の意を表するため、旦那さまが頭数を揃えたのでしょう」

庭に面した開放的な廊下を進む。広い邸内は不思議なほど静かだ。客の対応にかかりきりになっているのか、使用人たちの姿もない。

「ぼっちゃま、こちらでございます」

大広間に着くと、プラディープ老とカビーアが左右に分かれ、背の高い両開きの扉を開く。

中は着飾った人で溢《あふ》れていた。アブーワの主立った貴族が揃っているようだ。職人ギルドや商人ギルドの長、迷宮を管理する守護機関《キーパーズ》の支部長、ジュールの姿もある。賑やかしにしてはそうそうたる顔ぶれだ。

扉が開く気配に振り返った彼らはヴィハーンの姿に気がつくと、恭《うやうや》しく身を引き、道を空《あ》けた。

——?

違和感を覚えた。今日の客は王都の役人だと聞いている。王族でもないのになぜここまで人を集め歓待しているのだろう。ヴィハーンを迎えた時の皆の反応も変だった。事前に詳細を確認しておけばよかったと後悔するが、ことここに至ってはもう、すべて心得ているという顔で突き進むしかない。人垣が尽きた突き当たり、一段高くなったところでヴィハーンの父、アブーワ公爵が待っている。

「来たか、ヴィハーン」

公爵の唇が弧を描き、目元に深い皺が寄った。罠にかかった獲物を見るような目に緊張が高まる。

「息子のヴィハーン、そして息子のつがい、ヴィヴィアンだ。ヴィハーンは私の補佐を務《つと》めつつ迷宮に潜り、たった一年で『迷宮都市《ラージャ》の覇者』という二つ名で呼ばれるようになった。誰も行ったことのない深層に何度も挑戦し、毎回生還している。知っていたら教えて欲しい。息子ほどの探索者が他にいるか？」

いない、と。綺麗に揃った声に、ヴィハーンの眉間《みけん》に皺が寄った。

公爵が力強く頷く。

「そうだ、いない。間違いなく、息子の上には星が輝いている。強運を約束する星が。領主となれば息子の星はアブーワをも照らし出してくれることであろう。——聞け、皆の者。今日をもって私は、息子、ヴィハーンにアブーワ公爵の座を譲る」

参列者たちがどよめいた。広間が割れんばかりの拍手に包まれる。

シシィは驚き、ヴィハーンの顔を見上げた。

ヴィハーンは厳しい表情で父公爵を見据えている。ヴィハーンもまた、今日こんなことが行われるとは知らなかったのだ。

――確かにいつかはヴィハーンが公爵の跡を継ぐ予定だったけれど、どうして今日、こんなに急に……？

では、こちらにサインをと、王都から来た客らしい男が巻いてあった羊皮紙を広げながら差し出す。どうやら客は、アブーワ領主の代替わりについての手続きをするために呼ばれたらしい。

ヴィハーンが壇上に据えられた演台の前に立ち、ペンを手に取る。

聞いていないと文句を言いたいのは山々なのだろうが、人前で親子喧嘩をするわけにはいかない。迷宮のおかげで豊かなアブーワを欲する者は多いのだ。これまではちゃらんぽらんなようでいてバランス感覚に優れた公爵と、探索者として優れているだけでなく公爵の名代としても文句のつけようがないヴィハーンが隙を見せなかったから彼らが大きな動きを見せることはなかったけれど、もし一族内で揉《も》めているなどという噂が立てば付け入ろうとする輩《やから》が必ず現れる。多分義父《ちち》はそこまで計算して不意打ちを仕掛けた。

――やられた。

と、ヴィハーンは思っているに違いないが、外から見ればこの上ない慶事《けいじ》である。サインの入った書類を役人が掲げて見せれば、再び大きな拍手が広間を揺らした。

◇　◇　◇

「ほうほう、随分と急な話だと思ってたら、そういうことだったのか」

代替わりの儀式の三日後、朝もまだ早い時刻のことだった。シシィは窓際のテーブルで、ずんぐりとしたドワーフと向かいあってリラ茶を飲んでいた。

窓の外に望める中庭では弟たちが朝の鍛錬をしている。シシィと同じく孤児で、元探索者のおじいちゃんに育てられた弟たちの夢は探索者になり迷宮に潜ること。迷宮への通行証《タグ》が貰《もら》えたら即トップランカーになる気満々の弟たちは技を磨《みが》ぐのに余念がない。

「そういうことだったんです。それからお客さま一人一人に立ち会っていただいたお礼を言って回らなくちゃいけなくて、大変でした。僕はアニクがぐずっていると呼ばれたので途中で抜けたけど、ヴィハーンは日が暮れてきても帰ってこなくて」

シシィが答えると、ドワーフが吹き出した。

「あの無愛想な男が、貴族相手に澄ました顔で挨拶して回ったのか！　想像もできんな」

「公子としてお仕事する時のヴィハーンは、探索者をしている時とは違ってとっても物腰が上品で、威厳があるんですよ？」

「いつか見てみたいものだ。――それで？　何だって公爵――いやもう先代公爵か――はそんな、騙《だま》し討《う》ちするようなことをしたんだ？」

シシィは溜息をつくと、隣の椅子の上に置かれた大きな籠《かご》の中で、ふわふわの毛布に包まれて眠るアニクを見下ろした。

「死んで欲しくないから、みたい」

「んん？」

「迷宮って危険だから。お義父《とう》さまはずっとヴィハーンの探索者活動を快く思っていなかったんです。僕との結婚に諸手《もろて》を挙げて賛成してくれたのも、息子を地上に繋《つな》ぎ留めるよすがとなってくれることを期待していたから。僕が身籠《みごも》ったせいでヴィハーンは迷宮に潜らなくなり、お義父さまは目論見通り息子が落ち着いてくれたと安心していました。でも、この間、ガリさんが屋敷にいるのを見ちゃって」

「ぬ？　俺か？」

太く短い指の先を己に向けたドワーフに、シシィは頷いて見せた。

「お義父さま、ヴィハーンが新しい武器を作らせるためにガリさんを呼んだ――つまり、また迷宮探索に行く気なんだって思ったみたい。それで、アブーワ公爵になってしまえばそんなことしていられなくなるだろうからって」

「あ――」

ガリは迷宮産の素材で武具や装備各種を作るのを得意とする職人だ。ヴィハーンに紹介されたシシィは最初から最優先で仕事を請《う》けてもらえていたから知らなかったけれど、ガリはどんな魔物の素材も扱えるためアブーワでは一番と言ってもいいほど腕がよく、常に数ヶ月先まで予約が埋まっているくらい人気らしい。そんな職人がただ遊びに来るわけがないと義父は思ったのだ。

「なるほど、それでシシィはさっきから周囲を気にしているんだな。ラージャは今、どうしてるんだ？」

迷宮関係者はヴィハーンを二つ名であるラージャ《迷宮都市の覇者》と呼ぶことが多い。

「引き継ぎで忙しいみたいです」

「アブーワ大迷宮の攻略はどうなる」

シシィは最近アブーワ迷宮が、他の迷宮とは一線を画す深さと産出される素材の稀少性から、一部で『大迷宮《グレートダンジョン》』と呼ばれているということを知った。

「どうなるんでしょうか。公爵家の当主って忙しいですし……一度深層に潜ったら何週間も――場合によっては何ヶ月も地上には出てこられないし……」

「んぷう」

目が覚めたのかもぞもぞし始めた赤子を抱き上げ、シシィは丸い耳の間に唇を押し当てる。

ドワーフは思案顔であちこち編み込みの入った長い髭《ひげ》をいじくった。

「ラージャが諦めたら、アブーワ大迷宮は永久に攻略できねえかもしれねえな」

迷宮は攻略されない限り成長し続ける。階層が増えて強い魔物が現れるようになり、攻略の難易度が上がってゆくのだ。

アブーワはどの迷宮よりも古く、深い。これまで何人もの探索者が攻略を試みたが、いまだに何階層まであるのかさえわかっておらず、もはや攻略は不可能なのではと言われている。

そうですねえと頷いたものの、シシィの口元には悪戯《いたずら》っぽい笑みが浮かんでいた。

「でも、ねえ、ガリさん。ヴィハーンが子供の頃からの夢を諦めると思います？」

ドワーフの気難しそうに下を向いていた口端が、シシィと同じように引き上げられる。

「……思わねえな」

「でしょう？」

ヴィハーンは子供の頃から探索者に憧れていたのだという。そういう子供は多いが、実際に迷宮に潜るために努力を惜しまず鍛錬を重ね、小遣いで武具を揃え、迷宮に入るなりトップランカー入りした例を、シシィは他に知らない。

にやっと笑ったドワーフが何か書きつけていた石版を閉じた。

「ようし、わかった。それじゃこれ以上先代公爵を刺激しないよう、俺も屋敷への出入りを控えよう。幸い、今日で仕事の目処《めど》はついた。目的は問題なく果たせる」

「本当ですか⁉」

目を輝かせたシシィに、ドワーフが親指を立てて見せる。

「この俺さまが大丈夫と言ったからには大丈夫だ。期待して待ってろ」

ドワーフは石版を背負い袋にしまうと、義父に見つからないよう、こそこそと帰っていった。ずんぐりとした背中を見送りつつ、シシィはだっこしていた赤子の額《ひたい》に唇を押し当てる。

探索者なら誰だって夢に見る。アブーワ大迷宮を攻略することを。でも、この夢に本気で取り組もうとする者は滅多にいない。シシィもアブーワ大迷宮の攻略など叶わない夢のように思っていた。でも、ヴィハーンと出会って、その気持ちは変わった。今はヴィハーンならこの迷宮を攻略できるに違いないと思っている。

「アニクのおとうさんは凄いねえ」

「うー？」

ヴィハーンを見ていると、わくわくする。この人と一緒なら、どこまでだって行けそうな気がする。アブーワ迷宮の最深層は何階層にあり、どんな場所なのだろう。想像してみるだけで胸が高鳴って、じっとしていられない。

「僕も頑張らないと置いていかれちゃうかも」

ね？　と微笑み、顔を覗き込むと、アニクも、う？　と笑った。

◇　◇　◇

ずっと自分はベータだと思っていた上、アブーワに来るまでオメガを見たことなどほとんどなかったシシィは知らなかったが、どうやら重要な仕事を担うのは優秀に決まっているアルファの役目で、能力が低いオメガは子育てや家事といった雑事をこなしてアルファを支えるべき存在、らしい。

「皆が玉《たま》の輿《こし》を狙《ねら》うわけだよね……」

他に栄達の道がないのだから仕方がない。中でも繁殖に特化した性であるにも関わらず骨盤が小さく、そう何度も出産できない男性体のオメガは、オメガとしての価値すら低いと考えられているようだ。

実際、アニクを産むのは大変だった。公爵がいい医者をつけてくれたけれど、出産後はしばらく床につかねばならなかったし、起き上がれるようになってからもちょっと無理をするとすぐ熱が出る。

おじいちゃんが一日でも鍛錬をサボれば躯が鈍《なま》るとよく言っていたがその通り。寝込んだせいで筋力も体力も落ちてしまった。これではとても迷宮になど行けそうにない。

もう一度、鍛え直さないといけない。本当は弟たちの鍛錬に交ざりたいけれど、そんなことをしたらすっかりだらしのない躯になってしまったのがバレてしまう。シシィはこっそり秘密の鍛錬を始めた。

ヴィハーンが仕事に行った後、首尾よくアニクを預かってくれる人を見つけることができたら、人目につかない部屋の中で一人こっそりナイフを抜く。途中でくの字に曲がったナイフは肘から先ほどの長さがあり、厚く、重い。かつてのシシィはこれを自分の手足のように使いこなしていたが、今はうっかりすると振り回されかねない有り様だ。

「――ふっ」

型通りにナイフを振るう。

出産前より幾分筋肉が落ちたとはいえシシィの動きは獣人と見紛うほど早く、力強い。振り抜いたばかりのナイフを目に留まらないほど早く回転させて逆手に持ち替える様など曲芸のようだと自分でも思う。もし将来この屋敷を出なければならなくなったら、きっと大道芸で食べていけるだろう。

無心に躯を動かしていると、誰かがこんこんと扉を叩いた。

「シシィ？　いるか？　ジュールだ」

慌ててナイフを鞘《さや》に収めたところで、綺羅綺羅しい白金色の髪を背中の半ばまで垂らしたエルフが扉を開き入ってくる。

「いないのか？　……おや、いるじゃないか。鍛錬していたのかい？」

「あっ、あっ、あの、鍛錬じゃありません。ちょっと躯を動かしていただけです」

ジュールはヴィハーンの友達で、シシィがアブーワに来た時、とてもよくしてくれた人だ。情に厚くて基本的にはいい人なんだけれど、ちょっと生真面目で口うるさい。案の定、ジュールは汗を掻き息を弾ませたシシィの姿を見ると眉を顰《ひそ》めた。

「無茶は駄目だとお医者さまに言われているんだろう？」

「あのお医者さまの言うことを聞いていたら、いつまで経っても探索者に復帰できないです。それより何か用があるんでしょう？」

ああうんと、ジュールがソファに浅く腰掛け、持っていた書類をテーブルに置いた。

「空間魔法の使い手を保護した。名前はロニー。徴用されそうになって、ワーヤーンから逃げてきたらしい。今は家族共々私の屋敷にいる」

夢のように綺麗な容姿をしているけれど、ジュールは迷宮を管理する守護機関の支部長だ。

「では、ジョーグ男爵に連絡しておきます。ジョーグ男爵からの迎えを待ってください」

「田舎から出てきたばかりの純朴な一家を、平民を見下す癖のある中年男に任せろと？」

シシィは眉尻を下げた。ジュールの言う通り、男爵は貴族の悪いところを押し固めたような男だったからだ。

「そう言われると心苦しいですけど、僕はまだ名目上の責任者でしかなくて、どうすればいいのかよくわかっていないんです」

ヴィハーンがアブーワ公爵になった時、シシィもいくつか仕事を任されていた。空間魔法の使い手の保護と管理はその一つだ。

「引き継ぎを受けようとしたんですけど、皆さん、身分が高い者は全部下々に任せて、どっしり構えているだけでいいんだって言って、何も教えてくれなくて」

ジュールの表情が厳しいものへと変わる。

「君はそれでよしとするつもりか？」

「まさか」

もちろんシシィだってジョーグ男爵たちに、何も知らない孤児と侮《あなど》られていることくらいわかっていた。困った事態だとは思うが仕方がない。シシィはまともな教育を受けていない上にオメガなのだ。つまり、優秀なアルファの貴族たちから見れば、とても上長と仰《あお》ぐに値しない存在。

「でも、むきになってしゃしゃり出て、貴族を敵に回すのもよくないでしょう？　とりあえず関連書類に目を通したりしてできる範囲で勉強して、折を見て、無理のない形で実権を渡してもらうつもりです」

「悠長なことだな。だがまあシシィに考えがあるのなら、手を出すのは控えよう」

細く長い指で書類を摘まみ上げ、ジュールがテラスへと抜ける扉を開ける。屋敷を出るにはこのまま庭を突っ切っていった方が早い。シシィも見送ろうと部屋を出て——首を傾げた。

「あれ？　ヴィハーン？」

大理石が敷き詰められたテラスに、仕事に追われているはずのヴィハーンがいた。アニクをだっこして安楽椅子に収まった父公爵を、腕を胸の前で組み無表情に見下ろしている。

「おや、先代まで、こんな時間にこんなところで何をなさっているんですか?」

「父上が引き継ぎの途中だというのに脱走したので、捕獲しに来た」

「え。休憩時間だったんじゃ……」

義父を見下ろすヴィハーンの眼差しが冷気を纏《まと》った。

「父上、シシィに嘘をついたな?」

義父は平然と嘯《うそぶ》く。

「ヴィハーン。そもそも私はもう、公爵を引退したのだぞ? アブーワを統治するのはおまえの仕事、私を煩わすな」

ぴくりとヴィハーンの耳が震えた。

「……何だと」

「おまえなら一々説明などせずとも、どうすればいいのかくらいわかるだろう? これまでだって私の代理を務めてきたではないか」

ヴィハーンはあくまで淡々と言い返す。

「逐電《ちくでん》した父上の代わりに何とかその場をしのいだのみで経緯や詳細を把握しきれないまま慣例に従って処理しただけの案件がいくつもある。跡を継げと言うなら全部きっちり説明するのが道理だと思うが?」

「そんなこと言われても、もう飽きた!」

ジュールが手の甲で口元を隠し、吹き出した。ヴィハーンが目を瞑《つむ》る。

「……父上」

「大体私は引退したら悠々自適《ゆうゆうじてき》、孫の子守りをして過ごそうと思っていたのだ。それなのにおまえときたら、ねちねちねちねちねち」

「今までだって散々悠々自適、好き勝手してきただろう。ねちねち言われるのは、父上の処理がいい加減だったからだ」

……公爵がよく、ヴィハーンやルドラに仕事を押しつけて王都へ遊びに行っていたという話はシシィも聞いていた。探索者になるという我儘を通しているのだからと、ヴィハーンは文句も言わずに仕事をしていたらしいけれど、この様子を見ると、大分溜まっているものがあったらしい。

ヴィハーンと言い争うのが厭《いや》になったのか、義父がアニクを持ち上げ目線の高さを合わせる。

「アニクだってもっとじいじと遊びたいだろう？」

「うー？」

「ほら！」

ヴィハーンがアニクの頭巾《フード》を摑んだ。

「アニクと遊びたいなら、引き継ぎに協力しろ。終わったら好きなだけ子守りさせてやる」

義父はアニクを離そうとしない。

「好きなだけとは、どれだけだ？　一時間二時間では足りないぞ」

「もうすぐ私もシシィも子供の世話どころではなくなる。元の生活に戻れるようになるまで任せる」

子供の世話どころでなくなるようなことなどあっただろうか？と考え、シシィは気がついた。発情期だ。

かあっと顔が熱くなる。同じ答えに辿《たど》り着いたのだろう。目を輝かせた義父がアニクを放した。

「おお、そうか。うむ、いいぞ。ヴィハーンがどうしてもと言うなら、私が特別にアニクの面倒を見てやろう」

「別に私はルドラのところに預けてもかまわんのだぞ」

「何⁉　おまえはどうしていつもそう……っ、くそっ、わかった。戻る。今すぐ執務室に戻るから、絶対アニクは私に預けるのだぞ？　――騒がせて悪かったな、シシィ」

どうやら丸く収まったようだ。頭巾を摑まれぶらんとぶら下げられたアニクは何もわかっていないのだろう。きょとんとしている。シシィはアニクを抱き取ると、義父に頭を下げた。

「アニクを預かってくださってありがとうございました」

「先代は相変わらずだな」

楽しそうにそう言ったのはジュールだ。

エルフは長命である。義父のことも幼い頃から知っているらしい。義父を見る目は年長者のそれだし、義父もジュールの前だと素を出す。

「それにしても、あれだけ厭そうな顔をしていたのに真面目に公爵をしているのだな、ヴィハーンは」

ヴィハーンは義父の腕を掴み引っ張り立たせつつ、ジュールを一瞥《いちべつ》した。

「不真面目で務まるような役目ではないからな。シシィ、また昼食の時に」

「はい」

ヴィハーンが身を屈めたので、シシィはうんと頭を仰け反《の》《ぞ》らせた。まだ逃亡を警戒しているのか父親の腕を摑んだまま、ヴィハーンが乾いた唇を押し当てる。

また、ひらり、ふわり。

甘やかな気持ちが、シシィの心に降り積もる。

ヴィハーンはついでにアニクの頭にもキスし、背筋を伸ばした。

「行ってくる」

黒衣で身を包んだ死に神のような男がてらいもなく見せた愛情に口元を緩めると、ジュールも掌《てのひら》で顔を扇ぎながら歩きだした。

「ふふ、何だか安心したよ。どうやらアブーワの未来は安泰のようだ」

長靴《ブーツ》がテラスを蹴る硬い音が響く。お腹が減ったのかアニクがぐずり始めた。

♪　♪　♪

先代公爵は安心しきっていた。

彼には二人の息子がいる。一人は頭はキレるし押し出しもいい上に糞度胸がある、これ以上ないくらい出来のいい息子だ。ただ一つ、惜しむらくは迷宮狂いだということだった。

迷宮になど潜っていたらいつ死ぬかわからないおまえはいつか私の跡を継いでアブーワの領主になるのだ危険を冒すべきではないと何度言い聞かせても、息子は彼の目を盗み迷宮に行ってしまう。このままではいけない。彼はずっとそう思っていた。

だが、つがいを得て子が生まれたら、息子の足は自然と迷宮から遠のいた。爵位を継がせると忌々《いまいま》しいドワーフも屋敷に姿を現さなくなった。

彼は有頂天になった。彼はようやく息子を迷宮から引き剝《は》がすことに成功したのだ！

これでもう息子が迷宮の底で魔物に喰らわれて死ぬ夢を見なくて済む。しつこい胃痛からもさよならだ。

もう一人の息子も、ヴィハーンほどではないが出来がよかった。変な野心を持つことなく育ってくれたので、兄弟仲良く公爵家を盛り立ててくれそうだ。これで我が家は安泰、何も心配はいらない。

息子が存外几帳面《きちようめん》で、突っ込んで欲しくないところまでつついてくるのが鬱陶《うつとう》しいが、それもまた息子が真剣にアブーワの領主という役目を果たそうとしている証しのように思えた。

だからある日の朝、息子に孫を預かって欲しいと頼まれた時、彼は何一つ疑うことなく引き受けた。つがいに発情期が来たのだと素直に思い、公務も任せろなどと安請け合いした。

息子のつがいは男オメガである。二人目を作るなら若く体力があるうちに限る。

何だか変だと気がついたのは、昼食時だった。いつもならば共に食卓を囲むちびたちが一人も現れなかったのだ。

彼はアニクをあやしながら、もう一人の息子に尋ねる。

「ルドラ。子供たちはどうした」

ルドラは言った。

「ああ、迷宮に向かったようですよ」

んん？　彼はしゃっくりのような声を上げた。

「シシィが発情期なのにか？」

「……そうですね」

ルドラがにこりと笑う。

これ以上ないくらい胡散《うさん》臭い笑顔に、あっと思った。

「発情期というのは嘘か！」

しっぽの毛を逆立て勢いよく立ち上がった彼に、驚いた孫がふぇえんと泣き始める。

「兄上はアニクの世話をして欲しいと言っただけ、一言だって発情期とは言ってなかったと思いますが」

彼は慌てて孫を上下に揺すり優しく背中をぽんぽんしてやりながら、毒づいた。

「くそう、すっかり騙された。迷宮に行くなど、何を考えているんだ⁉　ヴィハーンはもうアブーワ公爵家当主で、子供だっているのだぞ⁉」

下の息子が呆れ顔で言い返す。

「父上も子持ちでアブーワ公爵家当主だったのに、しょっちゅう王都へ遊びに行っては、僕や兄上に仕事を押しつけてくださいましたよね」

むうと彼は唸《うな》った。

「それとこれとは話が別だ！」

「全然別ではありません。僕も兄上も父上の背中を見て育ったのです。兄上はこれまで何回も父上の公務を肩代わりしてきました。父上も兄上の代役を務めて然《しか》るべきです」

「むううう」

先代公爵はへたへたと座り込んだ。

何ということだろう。隙あらば迷宮に行こうとする息子に経験を積ませるためにしていたことが――いやまあ少しは息抜きしたいななんて気持ちもなくはなかったが――息子を再び死地に送り出す口実になってしまったのだ……！

「ルドラ、おまえ、迷宮で毎年どれだけの死人が出ているか知っているのだろう？」

「知ってますが、大丈夫です。兄上は強いんです」

「強かろうが、人は死ぬ時には死ぬ。迷宮で死んだら、骨さえ帰ってこない」

ルドラがうるさそうに溜息をついた。

「心配はいりません。ちびちゃんたちにとっては初めての迷宮ですし、そう深くは潜らないと言っていました。だから——そうですね、一週間もすれば帰ってくるんじゃありませんか」

「一週間——」

先代公爵は掌で胃の上を撫でた。早くもしくしくと痛み始めた気がした。

「任せておけと言ったのですから、それまでアニクのお世話も公務もしっかりやってくださいね、父上」

「だーう」

腕の中の赤子にむんずと鼻を摑まれ、先代公爵は項垂《うなだ》れる。

♪　♪　♪

シュリアには兄弟がたくさんいる。

泣き虫シシィが一番上のおにいちゃん。次は同い年のオムとドゥルーブ。それから弟たちが十五人。全員捨て子で血は繋がっていないけれど、本当の兄弟以上に仲がいい。

シュリアたちを育ててくれたじいじは元探索者だった。迷宮のことなら何だって知っていたから、シュリアたちは毎夜、寝物語に迷宮の冒険譚をせがみ、ナイフや魔法の使い方を教わって遊んだ。

シュリアたちはみんな、探索者になることを夢見ていた。

迷宮に潜れば親がいるかいないかなんて関係ない。孤児であるシュリアたちだってランカーになってうんとお金持ちになることができる。親のいる子以上に幸せになれるのだ！

でも、ある日、じいじが死んだ。

シシィがじいじの代わりを務めようとしてくれたけれど、全然うまくいかない。手助けしようにも、シュリアたちにできることなど僅《わず》かだ。

北部にあるイシ領を出てアブーワに行こうと言ったのは、迷宮に潜れると思ったからだった。魔物を倒せる自信はあった。魔物を倒せばお金を稼げる。お金を稼げれば、大抵の問題は解決できる。

シュリアたちもシシィを助けてあげられる。

でも、シュリアたちは、シシィを助けるどころか迷宮に入ることさえできなかった。守護機関に門前払いを喰らわせられたのだ。小さいというだけで。実力を見もせずに！

愕然《がくぜん》とした。迷宮に入れなければシュリアたちはただの幼な子。食べて寝るだけの役立たずでしかない。

結局、色々とうまくいって、今はシシィのつがいのお屋敷で大事にされているけれど、シュリアたちは相変わらず虎視眈々《こしたんたん》と迷宮に入る機会を狙っている。そこに迷宮がある以上、潜らないなどという選択肢はシュリアたちにはないからだ。

そんなある日のことである。朝食の席で、ラージャが先代公爵にアニクを預けた。おかしいなとシュリアは思った。先代公爵はシシィに発情期が来たと思っているようだが、今朝、鍛錬を終え朝のご挨拶に行った時、そんな気配はなかったからだ。

オムやドゥルーブも気づいたのだろう。耳をぴんと立て、大人たちの様子を窺《うかが》っている。

——どんな小さなことでも見逃さず、意味を考えろ。——じいじの教えである。

ヴィハーンとシシィが連れだって食堂を出ていくと、シュリアはもがくようにして子供用の椅子から抜け出し床に下り立った。小さな子たちも、後ろ向きになって座面から滑り降りたり、肘掛けを乗り越えて飛び降りたりと、それぞれに椅子からの脱出を果たしとてとてついてくる。アニクが生まれてから半年、ルドラが与えてくれた『豊穣の家』を出てこの屋敷に引っ越してきてから一年以上経ち、既におむつをしている子はいない。

ヴィハーンたちが消えた部屋の扉をこっそり開けて見たシュリアたちは全身の毛を逆立たせた。ソファやテーブルの上に迷宮用の装備一式が広げられていたからだ。

「だんじょんにいくの⁉」

たったか走っていったオムがシシィの足にしがみつく。

「おれもいくっ」

「どぅるーぶもいくー。だんじょん、いくー」

他の兄弟たちまで部屋の中へ雪崩れ込んできてシシィを包囲した。その間もヴィハーンとシシィは防具を装着し、長靴に足を突っ込んで紐《ひも》を結んでいる。支度が終わり出てゆくシシィたちに、もちろんシュリアたちもついてゆく。

お屋敷から門《ゲート》へと続く通りは広く、賑やかだ。極めて背が高く、人を寄せ付けない雰囲気を纏ったヴィハーンが黒い外套《マント》を翻《ひるがえ》し歩く後を幼い獣人の子供たちの一群がはしゃぎながらついてゆく様はひどく目立つらしく、道行く人皆がシュリアたちを見ていた。中には知り合いなのだろう。シシィに声を掛ける者もいる。

ヴィハーンは一見、何も気にしていないかのように振る舞っていたけれど、シュリアの目は誤魔化せない。

らーじゃのしっぽがぴくぴくしてる。らーじゃはしし一がほかのひととおはなしするのがいやなのだ！

「くふふっ」

口元をもにゅもにゅさせながら歩いていると、シシィは迷宮に程近い通りにある立派な建物へと入っていった。迷宮を管理する機関、守護機関《キーパーズ》の支部だ。

迷宮に忍び込もうとするたびにここへ連行され叱られていたシュリアは、難しい顔になった。

扉の陰からこっそり中を覗き込む。シシィはロビーのような空間を突っ切り更に奥へと続く廊下の入り口でシュリアたちがついてきていないのに気がつくと、振り返って手招きした。

「どうしたの？　こっちだよ？」

ついていって、いいんだ。

シュリアたちはうろうろしている探索者たちの間を擦り抜け走った。駆け込んだ廊下には四つ扉が並んでいた。そのうち三つは閉じている。開いている一つの中を覗いたシュリアの全身の毛がぶわっと逆立った。

机の上にたくさんの迷宮用装備が並んでいる。どれもシュリアたちが身につけるのにちょうどいいくらい、小さい。

「し、し、ししー、これ……？」

シシィが装備を並べていた髭もじゃのドワーフを紹介する。

「さあみんな、ガリさんにご挨拶して。ガリさんはね、みんなの初めての迷宮探索《ダンジョンデビュー》を飾る装備一式を揃えてくれたんだよ」

ドワーフはがははと笑った。

「しっかり稼がせてもらってんだ、礼なんざいらねえよ！　さあ、ちびども、自分の名前がついたのを探して身につけろ。今すぐ装備に不具合がないか確かめるんだ！」

このドワーフがよく屋敷に来ていたことをシュリアは知っていた。いつも朝早く来ては結構な時間自分たちの鍛錬を眺めていくから、きっとミョーなセーヘキのモチヌシなのだろうと思っていたのだけれど、あれはこのためだったのか！

砂断蜴《サンドリザード》の外套がある。黒狼の革を張った長靴も、竜骨を使った武器もだ。どれもこれも迷宮産の素材で作られた一流品だ。

「やったあ！」

ぴょんと飛び上がったドゥルーブが空中で一回転する。オムもシシィの腹に抱きつき、しっぽを震わせた。

「ありあと。ありあと、ししー」

「ふふ。魔法具も用意してあるからね。皆、一つずつ好きなのを選んで、装着して」

そう言ってシシィが示した台に並べられていたのは、耳飾り《カフリンクス》や腕輪、ベルトにつける金具などなど、様々な形の装身具だった。いずれも空間魔法が掛けられており、見えない空間に物を収納できるようになっている。これもとても貴重な品だ。

「ありがと、ししー。らーじゃも、ありがとな」

気恥ずかしくてぶっきらぼうに言うと、他人事のような顔で騒ぎを眺めていたヴィハーンが目を瞬かせた。

「俺は別に何もしていないが」

「うそつけ。ししーにここまでのたくわえがあるわけねーし」

無愛想に引き結ばれていたヴィハーンの口端が僅かに上がる。

「シシィが言うには、おまえたちはアブーワ大迷宮攻略に不可欠な戦力らしいからな。役に立ってもらうために少し投資しただけのことだ」

「おれたち、いっぱいいるから、たいへんだっただろ」

「大したことはない。おまえたちは大人と違って小さいから、倉庫に残っていた端物で足りた」

ヴィハーンみたいに涼《くーる》やかな顔をしていたいのに、口元がむずむずする。いくら端物で足りたとはいえ、迷宮産の素材——それも中層から深層のものばかり——を使った装備が端た金で作れるわけない。ヴィハーンとシシィは大枚叩《たいまいはた》いてシシィたちの迷宮デビューの準備を整えてくれたのだ。

ふつふつと血が滾《たぎ》る。

——じいじ、おれたちはいくぞ。

アブーワに来た時、シュリアたちが迷宮に潜ろうとしたのはお金を稼いでシシィを助けるためだった。もうその必要はなくなったけれど、やっぱりシシィのため、シシィがヴィハーンと夢見ているアブーワ迷宮攻略を果たすため、シュリアたちは迷宮に潜る!

◇　◇　◇

さて、迷宮、である。

昇降機で十五階層まで降りると、目の前に広がるちょっとした広場に十二人の探索者たちがいた。

ヴィハーンとシシィの探索者としての目標はアブーワ大迷宮の攻略である。だが、既に二人は、自分たちだけではこの目標は達成できないだろうと見極めをつけていた。深層の、狡猾《こうかつ》な上、強力な力を持つ魔物たちを退け最下層に達するには他の探索者の協力が不可欠だ。

だが、『迷宮都市の覇者《ヴィハーン》』にはこれまで数多くのパーティーと組んでは破局してきた前科があった。弟たちは幼な子で、迷宮に潜ったことすらない。他のパーティーと円満な関係を築いた経験があるのはシシィだけだ。このままではいけないと、シシィたちは試しに他のパーティーと共闘してみることにした。

話に乗ってくれたのは広場で待っていた獣人六人からなる『月夜の道化師《ピエロ・リュネール》』と、エルフ四人と人間二人で結成された『金の矢《ゴールデンアロー》』の二パーティーだ。

「お待たせしました」

シシィが弟たちを引き連れ、昇降機を降りてゆくと、探索者たちの頬がだらしなく緩んだ。当然である。幼い弟たちは強いだけでなく愛くるしく、わちゃわちゃと群れる姿だけで周囲を幸せにする。

だが、緩んだ探索者たちの頬はすぐ厭そうに引き攣《つ》ることになった。弟たちの後ろから白皙《はくせき》の美貌を怒りに歪《ゆが》めたエルフが降りてきたからだ。

「げえ……何でジュールまで連れてきてんだ……」

守護機関の支部長は、うっかりそう呟《つぶや》いた探索者を、怒りで底光りする瞳で睨みつけた。

「私を煙たがるということは、非道なことをしようとしている自覚があるようだな」

探索者たちは居心地悪そうに身じろぎする。

「いやあ、俺たちは別に――」

「この、人でなしめ。こんな小さな子たちが迷宮に潜って無事でいられるわけがないだろう。おまえたちはこの子たちを殺すつもりか⁉」

シシィは溜息をついた。

弟たちは周囲に漂う険悪な空気など気にも留めず初めての迷宮に目をキラキラさせている。

本当はシシィたちは、ジュールに内緒で事を運ぶつもりだった。今日、決行することにしたのだって、ジュールが不在になると聞いたからだ。

守護機関の部屋を借り、弟たちの装備を整えたところまでは順調だった。後は弟たちの分の通行証を発行させるだけという段になってジュールが帰ってきた。

弟たちをか弱く守るべき幼な子と信じてやまないジュールは、シシィたちが迷宮に行くつもりだと知ると予想通り烈火のように怒った。通行証も絶対発行しないと言う。仕方なく、シシィたちは奥の手を使うことにした。視察だと言って門を通り抜けたのだ。

迷宮の入り口を守る竜人《ドラゴニュート》たちだってヴィハーン、もとい、ヴィハーンの持つ権力にはかなわない。

幼な子連れな上、がみがみ言うジュールが横にいるのに通してくれた。もっとも、ジュールを連れ帰って欲しいという要望には応じてくれなかったが。

可哀想に腰が引けた探索者たちを睥睨《へいげい》し、ジュールが親指で地上を示す。

「どういう処分を下すかは追って決める。上へ戻れ」

反旗を翻したのはシュリアだった。

「もどるなんてじょーだんじゃねー。いこーぜ。おれたちなら、だいじょーぶだ」

迷宮の奥に向かって歩きだす。本人はかっこよくキメているつもりだろうが、後ろでふりふり揺れる白いしっぽが可愛らしい。シュリアの後を追ってドゥルーブにオム、小さな弟たちも歩きだしたのを見たジュールの陶器のように白い膚が真っ赤に染まった。

「大丈夫なわけないだろう！　迷宮の魔物は、絵本に出てくる魔物とは違うんだぞ！　おまけに最近大崩落があったのか、地図と違う魔物の出現報告が増えている。普段以上に危険なのに――」

まくしたてながら弟たちを追いかけてゆくジュールの背中を眺めながら、『金の矢』のエルフが顎《あご》のラインで切り揃えた金髪をさらりと揺らした。

「――で？」

ヴィハーンが低くよく響く声で説明する。

「普段はおとなしく守護機関の支部長などやっているが、あのエルフはランカー並みに戦える。置いていきたいが、言うことを聞かせる時間が惜しい。うるさいとは思うが気にせず行く」

「――え？」

すたすたと歩きだしたヴィハーンにシシィも続く。探索者たちは呆気にとられていたけれど、すぐに小走りに追いかけてきた。

「嘘だろ、ジュールもつれてくってことか？」

体格のいい獣人やすらりとしたエルフに囲まれると、シシィは子供に戻ったような気分になる。

「さすがに魔物との交戦は邪魔しないだろうし、物資はふんだんに持ってきているから、ジュールさん一人くらい増えたところで問題ないです」

「いや問題あるって。もし守護機関に睨まれるようになったら俺らがヤバいんだって」

「大丈夫です。だって、ヴィハーンはアブーワ公爵なんですよ？　この迷宮はヴィハーンのもの、守護機関はヴィハーンの許可を得てここを使わせてもらっているに過ぎません。皆さんに何かしたら、ただじゃ済まないことくらい、守護機関だってわかってます。わかっていなければ権力をもってわからせます。そうですよね、ヴィハーン」

「ああ」

一歩先を歩いていたヴィハーンが振り向いて頷くのを見た皆が半笑いを浮かべた。

「そういや今回のリーダーは、アブーワの最高権力者だったたっけ……」

実際、シシィは何も心配していない。権力など使わなくても、弟たちの戦いぶりを見ればジュールも納得するに違いないからだ。

「あっ、そうだ。言い忘れてたけど、これは弟たちにとって記念すべき初探索です。実力を測るためにも、戦闘はできるだけ弟たちに任せてください」

「ええっ⁉」

シシィのお願いに探索者たちは騒然となった。

「迷宮は初めてなんだろ、大丈夫なのかよ。ここは十五階層、全然初心者《ルーキー》向きじゃねえぞ」

「やっぱ、もうちっと上の階層から始めた方がよくねえ？」

「大丈夫です。ああ見えて皆、おじいちゃん——ラーヒズヤ卿にみっちり鍛えられていますから」

伝説の探索者であるおじいちゃんの名前には絶大な威力がある。皆も一瞬納得しかけた。

「ラーヒズヤ卿に⁉　——いやでもなあ……」

ジュールの説得も何のその、しっぽを高く掲げて歩く幼な子たちの背中を探索者たちが見遣る。

その時だった。獣人たちがぴんと耳を立てた。

「来る」

戦闘が始まる。

◇　◇　◇

迷宮に入って二日目。弟たちは憧れの迷宮を満喫していた。

牛ほどの大きさがある蠍《さそり》のような魔物が現れるなり、いかにもトロそうな丸っこい躯が凄まじい勢いで跳ね、回転し、ナイフを振るう様に、同じ獣人である『月夜の道化師』の面々でさえ啞然としている。ナイフだけではない。幼な子たちは、ボウガンであろうと槍《スピア》であろうと上手に扱ったし、獣人が不得手とするはずの魔法をも自在に操った。

えいっと幼な子が力むと光の矢が放たれ、貫かれた魔物が内側から爆散する。

「えげつない威力だな、おい」

一応、何かあったら助けに入れるようすぐ傍で待機しているが、大人たちはやることがなく、手持ち無沙汰だ。

「精霊は子供が好きだから、魔力もたくさん与えてくれるんだっておじいちゃんが言ってました。僕も小さな頃はもっと凄い魔法を使えたんですよ」

「なあ、もしかして、あの滅茶苦茶キレのある動きは……」

「豊富な魔力を肉体にも流しているんです。大人になって精霊の寵愛が目減りしたら、今ほどは動けなくなっちゃうと思います」

弟たちを眺めるジュールの目は死んでいる。非常識な大人と魔物から守ってやるつもりでついてきたのに、幼な子たちが魔物相手に無双する姿を見せつけられ、己の行動が完全に的外れであったことに気づいてしまったのだ。

「ジュールさん、大丈夫でしょうか」

幽霊のように窶《やつ》れたエルフが心配で囁くと、皆、苦笑いを浮かべた。

「大丈夫じゃないかもね。ジュールってばまるで道化師だったもん」

「俺だったら恥ずかしくてのたうち回るな！」

「聞こえているぞ！」

あっという間に魔物たちを殲滅《せんめつ》した弟たちはただちに解体に移る。

「んと、さそりみたいなまものは、しっぽのとげにどくがあるんらよね？」

茶トラのオムがおっとりと確認すると、幼な子らしい無邪気さで死骸をバラバラにしていたドゥルーブが魔物のしっぽを持ち上げた。

「どくって、これー？」

「わあ、じゅうってゆったあ」

わあわあ、きゃあきゃあ。まるで緊張感のない喧噪の中、魔物が部位ごとに魔法具に収められてゆく。迷宮に入ってから、万事がこの調子だ。

『金の矢』のパーティーリーダーが太い指で気まずそうに頭を掻いた。

「シシィ、採れた素材は現地で消費した分以外は、パーティーで三等分にするって話だったが、やっぱり狩った奴が総取りすることにしねえか？」

損をする申し出だというのに他のメンバーまで賛同の声を上げる。ほとんど戦っていないことを気にしているのだ。

だが、シシィたちにすれば最初からこうなることは折り込み済みだった。過分な配分は幼な子たちに振り回されるであろう彼らへの心づけであり、いつか加わってもらうつもりの攻略計画のための先行投資だ。

「思っていた以上に戦えてはいるけど、この子たちは初心者《ルーキー》です。本当だったら中堅探索者だというのにわざわざ付き合ってくださった皆さんへ謝礼を払わなきゃいけないんです。気にせず受け取ってください」

「でもなあ。何か、幼な子が頑張った上前を撥《は》ねてるみたいでよう……」

「大丈夫、もうすぐ大爪蟹《ジャイアントクラブ》のいる階層です。遠慮してたら損をすることになるかもしれませんよ？」

「うっ、大爪蟹かあ……」

前方で歓声が上がった。

「あったあ！　かいだんー！」

次の階層へと下りる階段が発見されたのだ。逸《はや》る幼な子たちを、ジュールは慌てて止めようとした。

「待ちなさい。次の階層は――」

「あっ、かにさんだ！　かにさんがいるー！」

階段を覗き込んだ幼な子が興奮し、ちっちゃなしっぽを振り回す。

「かにさん⁉」

「ほんとだ。やったあ、おいしいかにさんだあー！」

押しとどめようとするジュールの手を弟たちはするりするりと躱《かわ》していった。

「駄目だ。大爪蟹は群を呼ぶ。迂闊《うかつ》に突入すると――って、おい待てと言っているだろう。人の話を聞け、この糞ガキども！」

「あ、キレた」

ストレスが溜まっていたのだろう。麗しの白金髪を掻き毟《むし》り後を追っていくジュールの姿に、皆の口元が綻む。

「あんかけー！」

「おねぎとにこんだやつー！」

「つつみやきと、まきまきー！」

「えっと、おむはね、おむは、やいたかにさんがすきー！」

弟たちが食欲のままに、ぽてぽてと階段へ飛び込んでゆく。

大爪蟹は美味な高級食材として知られており高値で売れる。それなのに狙う探索者が少ないのは、甲殻が硬く倒すのに時間がかかるのと、仲間を呼ぶ習性のせいだ。

「行くぞ」

今度ばかりは幼な子たちだけでは対応しきれない。大人たちも武器を手に後を追う。階段を下りたところには広大な空間が開けており、既に見上げるほど大きな蟹の死骸がいくつも転がっていた。あちこちにある横穴から早くも新手が押し寄せてきているようだ。かさかさという背筋が寒くなるような足音が高い天井に反響する。

「危ないっ」

幼な子たちに迫った大爪蟹目掛け、ジュールが火の玉を放つ。見事目標に着弾して燃え上がらせたものの、幼な子たちは感謝するどころか顔を真っ赤にして怒った。

「かにしゃん、もやしちゃ、めー！」

「……え」

「もやしたら、かにさん、たべられなくなっちゃうろ」

オムがおっとりと理由を説明する。シュリアが大人のくせに知らねーのかよとばかりに上から目線で命じた。

「まほー。つかうなら、かぜにしろよな」

「かぜまほー、つかえないなら、やんなくてぃー」

助けたつもりの幼な子たちから投げつけられた冷たい言葉に、ジュールはわなわなと震える。

「なるほど、よくわかったよ。君たちには気遣いなど不要だということが……っ」

美貌に似合わぬ悪態はだが、高まりつつある戦いの喧噪《けんそう》に掻き消され、幼な子たちまで届かなかったようだ。

「おらあ！」

膂力《りょりょく》に勝る獣人が当たるを幸い、長大な剣を振り回す。衝撃に一瞬動きの止まった大爪蟹の懐に軽装備のメンバーが飛び込み、ちょうど腹の中央にある継ぎ目にナイフを押し込んだ。ぱきんという小さな音と共に大きな躯が縮こまる。ここが大爪蟹の弱点なのだ。

パーティーごとに連携し、次々と大爪蟹を倒してゆく。普段はもっと深い階層を狩り場にしているヴィハーンに至っては連携を取る必要もない。黒い外套を翻し、次々と屠《ほふ》る。

そして、シシィは。

「あっ」

突進してきた大爪蟹をギリギリで避けたのはいいものの、足が縺れて尻餅《しりもち》をついてしまい、肩で息をしていた。

まだ十匹ほどしか倒していないのに躯が重い。戦いに集中しようと思うものの、疲労で時々思考が停止する。以前来た時にはヴィハーンと二人で集まってきた大爪蟹をすべて狩り尽くしてのけたことが嘘のようだ。

「立たないと……」

少し先でようやく止まった大爪蟹の眼《まなこ》がぎょろりとシシィを捉える。手を突いて、よろよろと立ち上がったのと同時に、巨大な鋏《はさみ》が振り上げられるのが見えた。

避けなきゃと、頭では思う。でももう、動くのすら億劫《おっくう》で、できない。

「風よ――」

シシィは避けるのを諦め、両手を翳《かざ》した。風の盾を大爪蟹との間に張る。

来る。

一抱えもある鋏が凄まじい速度で叩きつけられた。何かが割れる涼やかな音が響く。魔法の盾《シールド》の強度が足りず、破壊されたのだ。

シシィはとっさに両腕で頭を庇《かば》い、躯を丸めた。頭の中ではわかっていた。大爪蟹相手にんなことしたって何の意味もないと。でも、躯も頭も動こうとしない。

ガキンという恐ろしい音にきつく目を瞑る。

死ぬ、と、思ったのに、痛みも衝撃もいつまで経っても襲ってこなかった。

――？

恐る恐る目を開いてみたシシィの膝《ひざ》から力が抜ける。

目の前に、剣を構えたヴィハーンの背中があった。

その向こうに聳《そび》え立つ大爪蟹は仰け反っており、ヴィハーンの剣に弾かれたのだろう鋏には大きなひびが入っている。

「ヴィハーン……！」

「無事か」

ぶっきらぼうな、でも誰より頼りになる声に、死の予感に竦《すく》んでいた心が弛緩した。

「うっ、うん。大丈夫だけど、僕、もう……」

大爪蟹を倒せそうにない。

そう思ったら悔しくて、視界がじわりと滲んだ。

一年あまり前、アブーワに来て、探索者になるという夢が叶った。

ヴィハーンと出会って、ずっと憧れていた家族も得た。

可愛い赤ちゃんに、優しい義父や義母――もっとも、一年のほとんどを王都で過ごしており滅多に帰ってこない――、そして義弟。今のシシィは多分、アブーワの誰より幸せだ。

次はヴィハーンの夢――アブーワ大迷宮の攻略――を二人で一緒に果たしたいと思っていたのに、シシィはたかが大爪蟹に苦戦して、ヴィハーンの手を煩わせている。

――こんなんじゃ、駄目だ。

シシィとヴィハーンは運命のつがいだ。だからだろうか、何もかも釣り合っていないのに、ヴィハーンはシシィを愛してくれている。そういうものなのだからこれでいいのだと思えればよかったのだけど、シシィには無理だった。

人としても親としても探索者としても、ヴィハーンにふさわしい人でありたい。そのためには、これくらいの階層で手こずっているようでは話にならないのに。

「ヴィハーン、足を引っ張って、ごめんなさい」

ちらりとシシィを振り返ったヴィハーンが眉を顰めた。

「シシィ。パーティーメンバー同士で助けあうのは当然のことだ。これくらいでそんな顔をしなくていい」

少し唇が震えてしまったけれど、シシィは頬に力を入れ、口角を引き上げた。

そうだ。皆を呼んで探索に付き合ってもらっているのに、暗い顔なんかしてはいけない。

ちゃんと笑顔を作れたと思ったのに、ヴィハーンはもっと痛々しいものを見るような目をした。

「シシィ、頼みがある」

「えっ、あっ、はい。何ですか？」

「蟹の死骸《しがい》が邪魔で戦いにくい。片づけてくれ」

シシィは数度目を瞬いて涙を散らすと、辺りを見回した。確かに周囲は小山のような蟹の死骸だらけで地面も見えない有り様だった。

「魔法具は持ってきているが、俺は戦いながらしまえるほど器用ではない」

「わ、わかった……」

よろよろと立ち上がり、手近に転がる蟹に両手を押し当てる。目を閉じて集中すると、魔法のように蟹が消えた。シシィが持つ亜空間に収納されたのだ。

また大爪蟹が突進してくる。後ろにシシィがいるからだろう。ヴィハーンは巌《いわお》のように蟹を受け止めたばかりか、押し返した。よろめいた大爪蟹の肢《あし》を蹴り、巨大な躯を駆け上がる。

白い腹の中心、甲殻の継ぎ目に剣の先を突き込むと、大爪蟹の十本の足が引きつけを起こしたかのように畳まれ、小山のような巨体が地響きを立て崩れ落ちた。

◆　◆　◆

シシィの体力が落ちている。何か鬱屈も抱えているようだ。

アニクが生まれてから、ヴィハーンは秘かにシシィを案じていた。アニクの世話を引き受けてみたり、できるだけ一緒に過ごす時間を取るようにしてみたり。だが、どんなに努力しても、シシィの様子は変わらない。そうこうしているうちに公爵位を押しつけられ、ヴィハーンは公務に追われるようになってしまった。

ヴィハーンは無骨者で他人《ひと》の心の機微《きび》に疎く、以前にも盛大に誤解した結果、求婚に苦労している。また失敗するわけにはいかない。

考えた結果、ヴィハーンは迷宮に来ることにした。

迷宮なら誰にも邪魔されない。それに、何があっても迷宮に来れば気が晴れる。少なくともヴィハーンはそうだ。ちびどもは迷宮に入ることを許される日を心待ちにしているし、シシィも探索者になるのが夢だったらしい。つまり、シシィたちは、自分と同じ種類の人間なのだ。それならこの手段も有効なはずだ。――そう思ったのだけれども。

ヴィハーンは外套の下で己の心臓の上を強く摑んだ。

大爪蟹を前にへたり込むシシィの姿を見た瞬間、心臓が止まるかと思った。

――何をやっているんだ、俺は！

既に戦闘は終わり、広大な空間は蟹の死骸だらけになっている。これはちびどもがシシィに貰った魔法具に次々と収めているからすぐに片づくことだろう。シシィは清水が湧《わ》いていた片隅に腰を据え、大鍋や地上から持ち込んだ食材を並べている。食事の支度をする姿はいつもとまるで変わらない。死にかけたことなど忘れてしまったかのようだ。

確かに探索者ならあれくらいよくあることで、一々怖がっていたら深層になど潜れない。ヴィハーンも忘れるべきなのだろう。

――忘れる？　シシィを失うかもしれなかったのにか……⁉

心臓はまだあばらの中で踊っている。どんな魔物と戦った時だって、こんなに胸苦しい気持ちになったことはない。

ヴィハーンは大股《おおまた》にシシィに歩み寄ると、どかりと腰を下ろした。背中から抱き込んで細いうなじに鼻先を擦りつけるようにして顔を伏せると、鼻腔がシシィのにおいに満たされる。

「ヴィハーン？」

生《せい》のにおいだ。

指先にはとくとくと時を刻む、心臓の鼓動。

◇　◇　◇

ヴィハーン、どうしたんだろう。

ヴィハーンに後ろから抱き締められ、シシィは困惑していた。人前でこんなにベタベタしてくるなんて、ヴィハーンらしくない。屋敷を出てから礼儀正しい距離を保たなくてはいけなくて全然触れられていなかったから嬉しいけれど、ちょっと心配になってしまう。

でも、野菜の皮を剝《む》く手は止めずにいると、『金の矢』のエルフ二人がやってきた。

「おおっと、これはこれは」

「シシィ、そんな大きいのが背中に張りついていたら、動きにくくて大変だろう。野菜の皮剝きを手伝おう」

大鍋の傍に腰を据えると、ナイフを取り出し手際よく下処理を始める。

探索も二日目、最初は戸惑っているようだったものの、もう皆、何をすればいいのか把握していた。大人たちが石を拾い集めてきて竈《かまど》を作り火を熾《おこ》す傍で、弟たちが小振りの大爪蟹を解体している。これが今日の昼食《ランチ》の主菜《メインディッシュ》となるのだ。

力自慢の獣人が二人掛かりで大鍋を持ち上げ火にかけた。出汁《だし》を取るため、半ばまで張った水の中にシシィは蟹の殻を投げ入れる。

火石《コール》をくべつつ沸騰《ふっとう》するのを待っていると、オムに外套の裾《すそ》を引っ張られた。

「おなか、へった……」

耳をぺたりと寝かせた幼な子に哀しそうにねだられては放っておけない。シシィは小さな壺《つぼ》を出してやる。

「じゃあ、大爪蟹、まだあるよね？　あれの殻を皿代わりにして、お肉を載せて焼いてごらん。これを掛けるとおいしいよ」

オムに言ったのに、その場にいた獣人たち全員が迅速に動き始めた。たちまちのうちに新たな竈が五つばかり組み上げられ、各人が自分で切り取ってきた蟹肉を殻に載せて焼き始める。

広間が埋まるほど仕留めた後である。もちろん大爪蟹は食べ放題だ。

熱せられた蟹肉から溢れた肉汁が殻に受け止められてふつふつと煮立つ。香ばしいにおいが広間中に充満した頃だった。横穴から見知らぬパーティーが現れた。

「あ」

普通の探索者は迷宮に大鍋を持ち込んだりしない。美味しさとは無縁の携帯食で三食しのぐ。彼らもそんな苦行のような日々を過ごしてきたのだろう。美味《うま》そうなにおいに、鼻を殴りつけられたかのように棒立ちになった。

これは気の毒なことをしてしまったかもと、心の中で手を合わせつつ鍋を掻き混ぜていると、パーティーリーダーらしき男がつかつかと近づいてきた。

――――ん？

頭巾を後ろに撥ね除け大鍋の向こう側にしゃがみ込んだ男は、シシィと目が合うとにっと笑う。

「そなたは、酷い奴であるな！」

シシィは瞠目《どうもく》した。

つけねが細く絞られた、掌ほどもある菱形《ひしがた》の獣耳に褐色の膚。腰まである乳白色の髪はすべて細かく編み込み、邪魔にならないようにかこめかみより上の束は後ろで小さな団子にしている。ところどころに守り石が留めてあるところから見るに相当高位の貴族だ。見たことのない形の耳といい、変わった喋り方といい、外つ国から来たのだろう。人目もはばからずシシィを抱き込んでいるヴィハーンが気になるのかそれとなく見ているようだ。

「酷い、ですか？」

「そうであろう？　もう一週間もまずい携帯食しか口にしていない我らに、かくもかぐわしきにおいを嗅がせるなど、拷問以外の何ものでもない」

馴れ馴れしい態度にどう接するべきか迷い、シシィは視線をうろうろさせた。

「すみません、まさかこんなところで誰かと行きあうことがあるとは思わなくて」

大爪蟹のせいでこの階層を通り抜けられるパーティーはごく僅かだ。この外つ国人が相当な実力者であることは間違いないが、アブーワ以外の迷宮は発見され次第すぐ攻略されてしまう。一体どこでこれだけの腕を磨いたのだろう。

「すまぬと思うならこの鍋の中でぐつぐつ言っている料理を我らにも分けてくれぬか？」

横穴からまた別のパーティーが現れた。外つ国人たちと同じく大爪蟹料理のにおいにあてられ、こちらを凝視している。

どうしようか。食事はシシィの担当だが、パーティーリーダーはヴィハーンである。ここは背中に張りついているヴィハーンに伺《うかが》いを立てるべきだろうと思ったのだが、口を開くより早く、外つ国人の前にシュリアが出てきて仁王立《におうだ》ちになった。

「いーぜ、いくらはらう？」

外つ国人が大きな耳を片方だけ、ぴるんと倒す。

「幾らでも」

「じゃあ、うつわいっぱいにつき、ぎんかいちまいだ！」

外つ国人のパーティーメンバーが異議を唱えた。

「いささか高すぎるのではないか？　銀貨一枚あればアブーワの一流料理店で食事ができるぞ」

オムがシュリアの分の焼き蟹を手にやってきて、シシィの隣に座り込む。

「ここは、だんじょんらよ？」

金を払いたくなければ、自分で迷宮の底まで調理道具や調味料を持ち込み、命を賭して大爪蟹を狩って竈を作り、手間暇掛けて料理をすればいいだけのことである。

「俺は払うぞ！」

「俺にもくれ！」

聞き耳を立てていた通りすがりのパーティーが、すかさず銀貨を手に割り込んできた。いつの間にか数が増えている。

「どうやら適価であるようだな。我らも全員分頼む。我の名はユージーン。そなたの名は？　何というのだ？」

「……シシィです」

「シシィか。愛らしい名だ」

蟹を焼いたり食べたりするのに夢中になっていた幼な子たちが一斉に顔を上げ、耳をぴんと立てた。瞳孔《どうこう》の開いた二十匹近い幼な子に無表情に見つめられるのは案外怖い。だが、ユージーンは涼しい顔で視線を跳ね返すと、更に食べ物をねだる。

「シシィ、すまぬが皆が食べているその焼き物、それも売ってはもらえぬか？」

ユージーンが凝視する視線の先を辿れば、シュリアとオムがはふはふと焼き蟹を頬張っていた。

「いいですよ？　一人頭、銅貨三枚くだされば、好きに切り取って焼いてくださってかまいません」

その方がいいだろうと思って格安料金にしたのだが、ユージーンのみならずパーティーメンバーたちまでえっという顔をした。どうやら彼らは何から何までお世話してもらうのを当然と思っているらしい。

「――調理済みのをご希望でしたら、一塊《ひとかたまり》、銀貨一枚でいかがですか？」

「うむ。六人分頼む」

「俺は自分で焼くぞ！」

「俺もだ！」

代金を受け取ると、シシィは仲間たちを振り返った。

「焼き蟹作って、お小遣い稼ぎをしたい人ーー！」

ドゥルーブがはーいと手を挙げる。

「そなたが作ってくれるのではないのか？」

ユージーンは不満そうだが、まだ大鍋の面倒を見なければならない。

「焼き蟹くらい誰でも作れます」

「ししーのとくせーすぱいすある。これで、られれもぷろのあじ」

シュリアが解体用の蟹をぽんぽんと叩いた。

「おっさん、どれぐらいくいてえんだ？」

「こら、おっさんとは何だ。ユージーンでん……ぐっ」

文句を言おうとしたパーティーメンバーの頭を叩き、ユージーンがにっこりと微笑む。

「そなたの頭くらいだな」

それぞれの注文を聞くと、ドゥルーブがうんしょと殻によじ登り、関節部分にナイフをねじ込んだ。シュリアが落ちてきた大人の躯ほどの大きさがある肢に駆け寄って殻を割る。現れた蟹肉は水気たっぷりで、生でも魅力的な香気を放っていた。後は注文通りの大きさに切り取った蟹肉を適当な殻に載せ、網の上で焼くだけである。

「アブーワでは皆、そなたのように迷宮へ網や鍋を持ち込むものなのか？」

幼な子たちの手際のよさを感心したように眺めていたユージーンの言葉に、大人たちがぶはっと噴き出した。

「安心しろ、ユージーンとやら。アブーワでも大迷宮に鍋を持ち込んだりするのはシシィだけだ」

「俺たちも初日、大鍋を取り出すのを見た時にはぶったまげたが、よく考えれば外では金貨を積まなきゃならねえような高級食材を狩りたての一番新鮮なうちに料理して食えるなんて探索者にしかできねえ贅沢《ぜいたく》だ、逃す手はねえ」

「帰ったら絶対、収納の魔法具を買うぞ。鍋と鉄網もだ！」

力説する大人たちに外つ国人が質問する。

「収納の魔法具というのは何だ？」

シシィは両手を前へと伸ばしてみせた。

「他では流通していないんですけど、アブーワにはこういうものがあるんです」

左の袖《そで》の中から銀色に光る腕輪《ブレスレット》が滑り出てきて、しゃらしゃらと涼やかな音を立てる。掌を上にして揃えて念じると、掌の上に木の椀を十個ほど重ねたものが現れた。

「これは空間魔法……？　そなた、空間魔法の使い手だったのか……⁉」

ユージーンが目を剝く。焼き蟹を貪《むさぼ》りながらなぜか『月夜の道化師』の獣人が得意げに語った。

「違う。魔法具だ。シシィはその腕輪にこの大鍋に食器、調味料から予備の武器までしまってるんだ」

「狩った獲物を担ぐ必要がなくなるから便利だぜー。浅層を探索する分には必要ねえが、深層まで潜るとなると、遭遇《エンカウント》しちまった連中から目的の魔物まで、膨大な量の魔物を狩ることになるからな。ただ働きをしたくなきゃ、必須の品だ」

「あっ」

ユージーン率いる大耳の獣人たちが愕然とする。特に高値のつく素材以外は捨ててきてしまったのだろう。

何がおかしいのかユージーンが笑いだした。

「なるほどアブーワが富み栄えるわけだ！　そんなものまであるとはな。その腕輪さえあれば戦の際、補給に頭を悩ませる必要はなくなる。商人たちは隊商など組まなくても手ぶらで街々を渡れるし、禁制品を持ち込むのも思いのままだ」

余所《よそ》で流通していないことを忘れ話題に載せてしまったが、迂闊だったろうかと、シシィは腕輪の上をそっと押さえる。

だが、不安になる必要はなかった。

「いやこれ基本、探索者にしか売ってくれねえから」

あっさり否定されたユージーンが子供のようにふてくされる。

「む、アブーワの領主はケチだな」

皆が一斉にシシィの背中に張りついているアブーワの領主を見た。

ユージーンはヴィハーンが誰かわかっていないらしい。

にやにやし始めた仲間たちを軽く睨み、ユージーンの相手をしていた獣人が咳払《せきばら》いする。

「んんっ、それによ、こいつは一度買ったからって永久に使えるってわけじゃねえんだ。時が経つに連れて魔法が薄くなっていっちまう。効果が切れたらジ・エンド。入っていたものは全部周囲にぶちまけられる。そうなる前に魔法を掛け直してもらわなきゃならねえから、外つ国で活用するにはちっと不便だと思うぞ」

「なるほど、流出対策にぬかりはないということか……つまらぬ！」

両足を投げ出し、後ろに手を突いて上半身を反らしたユージーンに、ちょうどドゥルーブが、焼けた蟹肉を運んできた。

「あい」

うっかり素手で受け取ってしまったユージーンは熱いと悲鳴を上げたものの、蟹肉を一口口にするなり目を細くする。

「美味いな。……だが、こういうものができるとわかったのだ、空間魔法の使い手さえ確保できれば……」

熱い蟹肉に悪戦苦闘しながらも魔法具のことが気になって仕方がないらしいユージーンを、またしてもシシィの仲間がばっさり切った。

「ああ、無理無理」

「なぜだ」

シシィは出汁を取った殻を捨て、やわらかくなるまで野菜を煮込んだ大鍋を掻き回す。

「あの、そもそも空間魔法を使える人は滅多に生まれない上、余所では見つかり次第国や商人によって囲い込まれてしまって、自由に生きることもできませんよね？　でも、アブーワでは領主が空間魔法の使い手を保護・育成しているんです。他の使い手が魔法の使い方を教えてくれますし、領主が護衛もつけてくれます。自由に街に出て好きなことができます」

ぶつ切りにした蟹肉を投入すると、大爪蟹独特の香気がにおい立った。焼き蟹を摘まみ食いしていた者まで皆、気もそぞろになる。

「だからよう、近隣諸国で生まれた空間魔法の使い手はもう全員、アブーワに集まってきちまってんだ。それなら攫《さら》っていけばいいじゃないかと思うかもしれねーが、空間魔法を付与できるのは七色天道《レインボウ・レイディバグ》の鞘翅《しょうし》だけだし、こいつはアブーワ大迷宮でしか産出されねえ。新しい魔法具は作れねえ」

鍋の中身を少しだけ取って味見をしてみたら、濃厚な蟹のうまみと野菜の甘さが口の中いっぱいに広がった。蟹肉はぷりぷりだし、少し強めの塩気が疲れた躯に染み入るようだ。

「では、この魔法具が欲しいとなったら、この大迷宮自体を手に入れるところから始めねばならぬのか……」

シシィの腿《もも》に触れていたヴィハーンのしっぽの先がぴくりと動いた。

大爪蟹料理に夢中になっていた男たちが手を止め、ユージーンへと目を向ける。

ユージーンはいけしゃあしゃあと笑った。

「ははははは。冗談に決まっているであろう？　何て顔をしておるのだ！」

本当に、冗談なのだろうか？

どきどきしつつも椀を取り、大鍋の中身をたっぷりよそってパンを添える。屋敷でいつも口にするものとは違い黒ずんだ色のパンは、硬いけれど汁に浸して食べるとやわらかくなるし、仄かな酸味が逆に美味しい。

焼き蟹作りを終えたシュリアがしっぽをふりふり走ってきてシシィの前に立った。それを見た他の弟たちが慌てふためいて大鍋の前に殺到し、シシィの前に行列を作る。はやくはやくと目で催促されたけれど、料理をあげる順番は決まっている。

「待って。はい、ヴィハーン」

声を掛けると、ヴィハーンがようやくのっそり顔を上げた。血のように赤い目を向けられたユージーンがさっと顔を背ける。危険を察知した獣のような反応に、ヴィハーンは物騒な笑みを薄く浮かべ、器《うつわ》を受け取った。

「ありがとう」

「どういたしまして」

それからシシィは調理を手伝ってくれたエルフと三人掛かりで料理をよそって、列を捌《さば》いた。受け取った者から思い思いの場所に座り込んで食べ始める。

「はふ、はふ」

「うっま！　何だこれ、うっま‼」

皆よっぽど空腹だったのか、先に料理を受け取った面々が感嘆の声を上げると、場には殺気めいたものさえ漂い始めた。

ユージーンもすぐ傍に胡座《あぐら》を掻いて椀の中身を啜《すす》り、目を瞑る。

「うむ。これも美味いな。……シシィ、そなた、我のところに嫁に来ぬか？」

「ぶっ」

あちこちから噎《む》せて咳《せ》き込む声が聞こえた。黙々と食事をしていたヴィハーンが、手を止め、顔を上げる。

――――！

獣人の一人がわざとらしい笑い声を上げてユージーンの背中を叩いた。

「は、はは……っ、あんた、冗談が下手糞だなあ……っ！」

「別に冗談では……」

別の獣人がユージーンの隣に座り込み、肩を抱く。

「あんた、外つ国のもんだろ？　どっから来たんだ？」

「うむ？　ワーヤーンだ」

「ワーヤーン？　守護機関の介入を拒否し、三つある迷宮をすべて育てようとしているという、あの？」

隅でおとなしく食事をしていたジュールがにわかに声を上げた。

シシィも思い出す。そういえば聞いたことがある。迷宮を攻略しようとしない国があると。

「迷宮を育てる？　おっかーねーことをする国があるもんだな！」

ユージーンが子供のように木の匙《さじ》をくわえた。

「おっかない？　『始まりの街』アブーワを見ろ。迷宮が成長した結果、他にはいない魔物が出現し貴重な素材が手に入るようになったおかげでこうも富み栄えている」

ふっと背筋が寒くなった。外つ国からアブーワはそんな風に見えているのだろうか。

——ヴィハーンは迷宮を育てるどころか、攻略に躍起になっているのに……。

「いやそーだけどよ、迷宮が育てば育つほど凶悪な魔物が出るようになんだぜ？」

「守護機関がなくて、ちゃんと迷宮の管理ができんのか？」

ユージーンはふふんと意地の悪そうな笑みを浮かべた。

「守護機関など本当に必要なのか？　やっていることといえば、折角《せっかく》生まれた迷宮を殺して富をアブーワに独占させているだけであろう？　売っている地図はでたらめだし、門番《ゲートキーパー》は幼な子やオメガが迷宮に入るのを止めない。もし我が領主なら守護機関の支部長はクビだ」

ジュールが料理を喉《のど》に詰まらせ咳き込んだ。

給仕を終えたシシィは立てた膝の上に椀を載せ、ふうふう息を吹きかける。

厭な感じだ。

この人、僕がオメガだと気づいていた。ということは、ユージーンはアルファなのだ。

発情期のオメガのにおいは魔物を呼び寄せるから忌避《きひ》するのはわかるけれど、第二の性はいまだ繊細な問題で、特にオメガについては人前で触れたりしないものらしいのに。

にこにこしてはいるけれど、言っていることは挑発的だし、多分この人はアブーワが嫌いなのだ。

手早く椀を空にしたジュールが立ち上がった。

「さて、でたらめだったという、守護機関で買った地図を見せてもらっても？」

「ああ、よいぞ」

ユージーンが手で合図すると、メンバーの一人が荷から地図を取り出して渡す。ジュールは丸めてあった地図を広げると、丹念に目を通し始めた。

「この地図のどこがでたらめだったんだ？」

「うむ。まずここだな。霊茸《れいしょう》が採れるはずの階層で黒狼に襲われた。この毒猪《どくいのしし》の狩り場には蛇しかいなかった」

「ほう、こんなところに蛇が。――ヴィハーン」

手招きされ、ヴィハーンが立ち上がる。地図を覗き込んだ二人は真剣な顔でぼそぼそと話をし始めた。

「ラージャってよう、元々おっかなかったけど、シシィちゃんとつがいになってから、やたらアルファ味が強くなってね？」

「獣人ってそういうものらしいぞ」

「ユージーンとのやりとりには、ドキドキしたぜ……」

ヴィハーンがいなくなった途端に始まった内緒話を聞きながら、シシィは椀の中身を少しだけ啜ってみる。うん、美味しい。……じゃなくって！

椀を膝の上に下ろすと、シシィはユージーンに言ってみた。

「あの、強い魔物が出るようになれば、死ぬ探索者が増えます。迷宮を育てるなんて危険です」

ユージーンは楽しげにしっぽを揺らす。

「大丈夫だ。ワーヤーンの迷宮は国に管理されておる。入れるのは探索の任を受けた兵と研究者のみであるし、そもそも魔物は地上に出てこられぬのだぞ？　どんなに強い魔物が出現したところで被害は迷宮内に限られるのだ、問題ない」

「問題ないです。アブーワで毎年どれだけ探索者が死んでいるか、知っていますか？　何十人もです。探索者が死ぬたび、親なし子も増えます。アブーワではできるだけ保護するようにしていますけれど、それでも手を差し伸べる前に飢《う》えて死ぬ子や、生きるために悪い道へと足を踏み入れてしまう子はいるんです。僕は一人でもそういう子を減らしたい」

「シシィ……」

シシィが孤児だと知っている仲間たちが静まりかえる。何事にも頓着《とんちゃく》しない弟たちが食事をする音だけが聞こえる中、低く深いヴィハーンの声が響いた。

「――そもそも、魔物は本当に迷宮から出てこられないのか？」

「何？」

「別に、地上に出たら死ぬというわけではないのだ。これまで出てきたことがなかったからといって、これからもそうと決めつけるのは危険だ」

「おや、アブーワの民はよほどワーヤーンが富み栄えるのが気に入らないと見える。妙な言いがかりはやめたまえ。そんな話は――」

ユージーンの言葉が途中で途絶えた。

弟たちの耳がぴんと立つ。他の獣人たちも怖いくらい真剣な顔で迷宮の奥を凝視した。

「え、何ですか……？」

人間であるシシィは獣人たちに比べて感覚が鈍い。わけがわからずにいると、地面が揺れた。

「ひゃっ」

よろけた躯が、いつの間にか傍に来ていたヴィハーンによって支えられる。

「あり、がとう……?」

礼を言おうとして、シシィは息を呑《の》んだ。ヴィハーンの表情が険しい。

「階段へ待避!」

そう叫んだヴィハーンにいきなり抱え上げられ、シシィは小さな悲鳴を上げた。視界が踊る。ヴィハーンが階段に向かって走り始めたのだ。

逞《たくま》しい肩越しに、弟たちが跳ね起き、後に続くのが見えた。そしてその背後、広い空間の反対側に近い地面が、音を立ててひび割れてゆく。

あれは、何——?

突き上げられるような揺れの後、地面が突き破られ、大爪蟹を超える大きな生き物の頭が出てきた。宝石のように美しい青い鱗《うろこ》に誰かが喉を鳴らす。

「青竜《ドラゴン》……」

こんな階層に出現するわけがない、深層の魔物。

ぶるぶるっと武者震いしたシュリアが、ナイフを抜くなり駆けだした。

「どらごんだー!」

「やったー!」

オムとドゥルーブも飛び出していく。

「……止めぬのか？」

おどけたように眉を上げ、そう言うユージーンに動く様子はない。

シシィを地面に下ろすと、ヴィハーンは弟たちを見据えた。

「必要ない。小さいが、あの子たちは腕が立つ」

最初に仕掛けたのは、他の二人より手前で立ち止まったオムだ。

「えと、えと、かぜよ。なつかしの、おともらちよ。めーやくにしたがって、かご、ちょーらい？てつらってくれたら、んと、そだ、ししーのべにこけもものぱい、ささげるー！」

ええー、ずるーいという声が他の子から上がる。だがオムは、ぼくのぶんのおやつをあげるからいいんだもんっと叫ぶと、両手を勢いよく前へ突き出した。

「えーいっ」

ぽんぽぽんと空中に淡い光の玉が生まれ飛んでゆく。風の精霊だ。

シュリアに追いつくと、光は小さな躯に戯《たわむ》れるように纏わりついた。次の瞬間、シュリアが鞠《まり》のように跳ね、青竜にナイフを突き立てる。硬いはずの鱗が熟れすぎた果実のように弾け、竜が怒りの咆哮《ほうこう》を上げた。

「ほう、あれは精霊魔法か……！　あの年齢であの技量。さすがアブーワ、凄いのがいるな。あの子たちは一体何者なのだ？」

はしゃぐユージーンに、シシィは晴れがましい気分で答えた。

「僕の、弟」

竜は幼な子たちによって完全に翻弄《ほんろう》されていた。しっぽで叩き潰《つぶ》そうとしたり、大きく開いた顎《あぎと》で食いつこうとしたりするが、魔法によって膂力も速度も上がった弟たちを捕らえられない。だが、弟たちもまた、体格に見合った小さなナイフでは表皮を傷つけるのがせいぜいで、決定打を与えられずにいた。

「んしょ」

年少組も様々な魔法を放って掩護《えんご》するが、青竜は魔法が効きにくい生き物らしい。思ったような効果が出ない。

「ラージャ、どうする？」

抜き身の大剣を肩に担いだ獣人が指示を仰ぐ。

「そうだな。いい経験になるから、できるところまでやらせたかったが」

青竜が出てきた穴から新たな魔物が這《は》い出てきていた。

階層間の壁の崩落は珍しいがないことではない。特にアブーワは古いせいもあり、十本の指に余る崩落箇所が確認されている。魔物がその穴を通り抜け、本来の生息域とは違う階層へと迷い込むことは確かにあるが、それはあくまで『たまたま』生じた異常事態であり、こんな風に多種類の魔物が争いもせず通り抜けてくるなんて話は聞いたためしがない。

そういえばジュールが地図と違う魔物の出現報告が増えていると言っていた。迷宮に何か起きているのだろうか。

「流石《さすが》にあの子たちには荷が重い。狩るぞ」

ヴィハーンは収納の魔法具から大槌《マウル》を取り出すと、青竜へ向かって走りだした。

「ちびども、下がれ！」

獣人が大声でシュリアたちに撤退を促す。青竜が迫り来るヴィハーンに気づいた。

青竜は既にこの小さな生き物が自分に痛みを与える存在だと理解しており、一撃必殺とばかりにしっぽで叩き落とそうとする。だが、当たらない。

ヴィハーンが全身の筋肉をたわめる。しなやかな躯が勢いよく跳ね上がり、空中で大槌が振り上げられた。

どすん。

殴りつけられた眉間からしっぽの先まで、波紋が広がるように青竜の鱗が逆立ってゆく。

黒い外套を翻らせ空中で一回転したヴィハーンが着地したのと同時に竜の巨体が崩れ落ちた。

鱗に守られた青竜の頭には見たところ傷一つない。だが、割ってみればヴィハーンが与えた衝撃で、頭蓋骨の中身がぐちゃぐちゃに崩れていることがわかるだろう。

「これまた素晴らしいな……」

大きく目を見開いたユージーンの唇の隙間から恍惚《こうこつ》とした溜息が漏れる。見事な武技に興奮した探索者たちがそれぞれの武器を掲げた。

「おおおお！」

賞賛を浴びつつも、ヴィハーンは冷静だ。

「油断するな。来るぞ」

青竜に続き穴から出てきた魔物が、ひびだらけの地面や壁を伝って迫ってくる。地鳴りにも似た足音にばしゅんという鈍い音が交ざったのに気づいたシシィは、ナイフを抜きながらユージーンたちへと目をやった。

——やっぱり。

あれは毒棘《どくきょく》が射出された音だ。だが、ユージーンたちに対処しようとする様子はない。気づいてすらいないようだ。

ワーヤーンは魔法大国だと聞いている。ユージーンのパーティーも魔法での制圧を得意としているのだろう。

つまり、割と運痴。

迷宮内では何があっても自己責任だ。だが、シシィはユージーンたちの前に躍り出た。

片手を翳して風の盾を作る。魔力を練る暇がなくて薄い膜しか張れなかったけれど、毒棘の速度を落としてくれればそれでいい。

目にも留まらない早さでナイフを振るい、毒棘を弾き返す。一本だけ打ち漏らしてしまい、背後からくぐもった悲鳴が上がった。

「あ……っ」

「大丈夫ですか⁉」

振り向くと、毒棘を腕に受けた男が膝を突いていた。

「すぐ処置してください。この棘《とげ》には毒があります。薬は持っていますか？」

「くすり……？　あっ、ああ、あるぞ、迷宮に入る前に解毒薬《ポーション》を買った！」

指示通り動きだす部下たちを余所に、ユージーンはなぜか呆然とシシィを見ている。

「そなた、なぜ我を守った？」

シシィは首を傾げた。

「え……？　何もしないで見捨てた方がよかったですか？」

ユージーンの視線が揺らぐ。

「そんなことはないが……」

「じゃあ、そうですね、僕が手間暇かけて作った大爪蟹のシチューを食べて、美味しいって言ってくれたから、です」

「美味いものを美味いと言うのは当たり前のことではないか？」

シシィは一瞬目を見開くと、小さく笑い、踵《きびす》を返した。

ヴィハーンが呼んでいる。

息絶えた青竜の鼻先でヴィハーンは襲い来る魔物を無造作に斬り捨てていたが、シシィが到着すると顎で骸《むくろ》を示した。

「青竜を魔法具に収納し、大爪蟹の死骸で穴を塞《ふさ》ぎたい。できるか？」

「……できます！」

死骸に掌を当てる。次の瞬間、巨体が消えた。

目の前に開けた空間を、ヴィハーンに守られ横切る。今もなお魔物たちがよじ登ってきている穴の縁に立つと、シシィは神経を研ぎ澄まし、穴の大きさを測った。使う大爪蟹が大きすぎれば魔法が発動しないし、小さすぎれば中に落ちてしまって栓《せん》にならない。

「行きます」

息を吐いた次の瞬間、穴にはちょうどいい大きさの大爪蟹が詰まっていた。こんな細かい作業はシシィにしかできない。

ヴィハーンが声を張り上げる。

「よし、潰すぞ」

「おう！」

弟たちが青竜を倒せなかった鬱憤《うっぷん》を魔物にぶつける。ユージーンたちは仲間の手当てにかかりきりのようだが、他の探索者たちは見事な連携を見せ、着実に魔物たちを屠っていった。この分なら問題なく制圧できるかと思われたが、敵が減り静かになってくると、硬いものを叩くような音が聞こえ始める。魔物が穴の下で、大爪蟹を取り除こうとしているのだ。

「何で……⁉」

「予定より少し早いが、地上へ戻るぞ」

深層の魔物は強かったし、『月夜の道化師』も『金の矢』も中層を狩り場にしているパーティーだ。一人の犠牲者も出なかったものの、これまでになく疲弊《ひへい》している。鍋や魔物の死骸を回収すると、シシィたちは地上を目指した。特に声は掛けなかったのに、ユージーンやたまたま行き会っただけの探索者たちもちゃっかりついてくる。

階段を通り抜けるたび、シシィは上から下まで大爪蟹の死骸を詰めた。ヴィハーンがわざと天井を崩して道を塞いだり、魔物除けを設置したりもした。だが、魔物の気配は消えなかった。追ってきている。

どうしてだろう。魔物にとっては他の魔物も獲物だ。シシィたちに固執せずとも周りにいくらでも餌《えさ》はある。わざわざ堅牢な障壁を打ち破る必要などないのに。

汗で濡れた背中がぞくぞくして落ち着かない。時々行きあった魔物を斬り捨てつつ、ひたすらに地上を目指す。休憩は取らない。魔物に追いつかれたら戦わざるを得ないし、戦えば足が止まる。足が止まったら他の魔物が次々追いついてきて、戦い続けなければならなくなる……。

体力が尽きれば終わりなので、定期的に精霊魔法を掛けて身を軽くした。迷宮に入ってからはしゃぎっぱなしだった弟たちも流石に唇をきゅっと引き結び、おとなしい。

往路では二日かかった十五階層までの道のりを、シシィたちは一晩で踏破した。十五階層には昇降機がある。ここまで来れば地上に戻れたも同然だ。ヴィハーンとジュールが早速昇降機が魔物によって破壊されないよう常駐している守護機関の職員を捕まえ、何か話し始める。シシィが少し離れたところで待っていると、ユージーンが話しかけてきた。

「シシィ。我が再びこの陽を拝むことができたのもそなたのおかげだ。心から感謝する」

ぴかぴかだったユージーンの装備は埃《ほこり》だらけになっていた。顔や手も汚れているが、怪我をしている様子はない。道中、精霊魔法を掛けてあげたおかげでまだ余力もあるようだ。シシィはにっこり微笑んだ。

「ユージーンさまがご無事でよかったです」

ユージーンがなぜか眩《まぶ》しげに目を眇《すが》める。

「そなたの献身に報いたい。共に来てくれぬか？」

「ええっと、お気持ちだけで結構です」

ヴィハーンが呼んでいる。行こうとしたら腕を掴まれた。

「我の誘いを断ると？」

「あの、迷宮から帰ってきたばかりなんですよ？　片づけねばならないことがたくさんあるのに、無理です」

「雑用係などやめてしまえばよい」

「……は？」

シシィはむっとした。この人はシシィを、探索者ではなく雑用係だと思っていたのだろうか？ さすがに乱暴すぎると思ったのだろう。部下の一人がそっと袖を引き何やら耳打ちする。

「……うむ、では、後で『銀の鈴亭』へ来てくれ。それでよかろう？」

全然よくないが、二度と会わないであろう相手である。説明する時間も惜しくて、シシィは適当に返事をした。

「ええと、そうですね。時間が取れそうだったら」

もちろん行くつもりなどない。だが、そうとは知らないユージーンは満足そうな顔をした。

♪　♪　♪

しばらく後、門にたまたま来ていた探索者たちや両側に並ぶカウンターの奥で働く守護機関の職員たちは度肝を抜かれることとなった。久しぶりに迷宮都市の覇者が現れたと思ったら、その後ろから青竜が這い出てきたからだ。

生きているように見えた青竜は、実際には巨体の下に潜り込んだシシィの弟たちが十八人がかりで持ち上げ運んでいた。精霊の寵愛があってこその離れ業である。

誰もが驚きと畏怖《いふ》に硬直する中を抜けて門前広場に出ると、ヴィハーンは青竜の頭に登った。

どよめく探索者たちや観光客、露天商たちを見下ろし、朗々たる声で告げる。

「深層の魔物が上層まで来ている。一匹や二匹ではない。危険なため、ただいまをもってアブーワ大迷宮は閉鎖する」

門前広場は騒然となった。

◇　◇　◇

シシィたちが屋敷に戻ると、アニクを抱いた義父が屋敷の最上階で待っていた。

大事な息子《ヴィハーン》が迷宮から帰ってきたというのに、むっつりと唇を引き結んでいる。快く留守を預かってくれることになったとしか聞いていなかったシシィは、不機嫌な様子にあれ？と首を傾げた。

やっぱり二人とも留守にしたのはまずかっただろうか。

義父が何か言おうとする。だが、ヴィハーンの方が早かった。

「父上、今、迷宮を閉鎖してきた」

「何⁉」

シシィは二人の話の邪魔にならないよう、静かに義父からアニクを受け取った。公爵の背後の窓から、迷宮の入り口をすっぽりと覆うように建造された門《ゲート》の周囲に恐ろしいほどの人だかりができているのが見えた。今、あそこでシシィたちが持ち帰った青竜が解体されているのだ。

肉、牙、鱗、骨などの素材は切り分けた端から格安で販売するよう指示してきた。滅多に口にできない竜の肉を手に入れようと詰めかけた人々が、迷宮閉鎖の情報《ニュース》を都市の隅々まで広げてくれることだろう。

ヴィハーンはこのせいで減る今回の探索の利益を自分の取り分で補填《ほてん》するつもりだったようだが、『金の矢』も『月夜の道化師』も、青竜の権利を放棄してくれた。

みんな、いい人だ。

でも、大変なのはこれからだ。

シシィは小さく頭を下げると、公爵と状況報告をするヴィハーンを残し、部屋を出た。

「三日も留守にして、ごめんね。アニク」

「あうー」

「おにいちゃんたちもいなくて、淋しかったよね？　みんな帰ってきたから、後で遊んでもらおうね」

「きゃーう！」

階段を下りてゆき、中庭へと出る。普段鍛錬に使われている中庭では、弟たちがカビーアとプラディープ老の指導の下、装備の手入れをしていた。探索者たるもの、迷宮から帰ったらすぐ装備の汚れを落とし損傷をチェックするのは当然である。

手入れが終わった装備を名前の書かれた棚にしまったら次は風呂だ。だが、弟たちは既に限界を迎えていたようだった。

わあいと湯殿に駆け込んでも、躯を洗っている途中でこっくりこっくり船を漕《こ》ぎ始める。湯船に浸かっているうちに沈んでゆく子もいる。シシィはそういった子を片っ端から湯船から引き上げ、くるくる洗って石鹸《せっけん》の泡を落としてから使用人に渡した。使用人の中には子供がいる者も多い。さっと水気を拭き取ると寝間着を着せ、だっこで寝室のベッドまで運んでくれる。

弟たちが全員入浴を終えると、シシィも三日分の汚れを洗い落とし、アニクとのんびり湯船に浸かった。何度も生《なま》あくびを噛み殺さねばならなかったのは、シシィも泥のように疲れていたからだ。

時々頬を両手で叩いて眠気を飛ばしながら寝間着に着替え、ほかほかのアニクを抱いて寝室へと向かう。その途中、何やら言い争っているヴィハーンとルドラを発見した。

「どうしたんですか?」

ヴィハーンも湯を使ったのだろう。こざっぱりし、装備も予備のものへ取り替えられている。

「シシィか。迷宮の様子を見てくる。先に休んでいてくれ」

「帰ってきたばかりで何を言っているんですか。兄上はもうアブーワ公爵なんですよ? いい加減、自分で動くんじゃなくて、下の者を動かすことを覚えてください」

なるほど、とシシィは頷いた。

ヴィハーンは迷宮が気になってならないらしい。気持ちはわかる。でも、休むことも大事だ。

シシィはアニクをルドラに差し出した。

「う？」

「ルドラさん、すみません。アニクを預かってもらえませんか？」

「えっ？　あっ、もちろんもちろん、喜んで！」

ルドラが喜々としてアニクを受け取ると、シシィはヴィハーンのベルトを摑んだ。

「シシィ？」

「来てください、ヴィハーン」

そのまま夫婦の寝室へと引っ張っていく。

待てと口では言うものの、ヴィハーンは無抵抗だ。元々ヴィハーンは人間を脆弱《ぜいじゃく》な存在だと認識しておりシシィのことも最初から獣人と同じ扱いはしようとしなかったが、アニクを産んでしばらく寝込んでからはうっかり触ると壊れるとすら思っているようだった。素直にベッドまで連れていかれ、シシィに押し倒される。長躯がぼすんとシーツの上に倒れると、シシィはその上に跨がった。

「……っ、シシィ、」

「寝ましょう、ヴィハーン」

外套の留め具を外すと、ヴィハーンの眉間に皺が寄る。

「だが」

「迷宮の管理は守護機関の仕事です。ヴィハーンが行かなくてもジュールが必要な対処をしてくれます。それでもどうしても気になると言うなら……僕も一緒に行きます」

「疲れてふらふらしているくせに、馬鹿を言うな」

ヴィハーンに手首を掴まれる。全体に大きなヴィハーンの手と比べると、シシィの手はいかにも細く華奢《きゃしゃ》だ。

「疲れているのはヴィハーンも一緒ですよね。明日からはきっともっと忙しくなるんですから今日はしっかり寝て、溜まった疲れを抜いておくべきです」

「……ベッドに入っても、きっと眠れない」

シシィは勿忘草《わすれなぐさ》色の目を細めた。

極度の緊張状態が続いた後、躯がどんなに休息を必要としていてもぴりぴりと神経が逆立って目が冴えてしまうことはある。ヴィハーンは今、そういう状態に陥ってしまっているのだろう。このまま装備を剝《む》いて寝かしつけてもきっとヴィハーンは眠れない。どうすればいい？

シシィはこくりと喉を鳴らす。

——あれだ。あれを始めれば、他のことなんか吹っ飛んでしまう。頭の中が真っ白になって、終わった後には起きていようとしても寝てしまう……。

でも、とシシィは視線を揺らした。あれをする時はいつもシシィはされるがまま、全部ヴィハーンに任せきりだった。自分にうまくできるだろうか？

――できるだろうか、じゃない。やるんだ。

「大丈夫です。僕が寝かしつけてあげます」

シシィはヴィハーンの手を振りほどくと、ヴィハーンの装備を外して床に落とした。目の前に連なる釦《ボタン》を一つ一つ外してゆく。そうして胸元から臍《へそ》まで露出すると、掌を服の下に差し入れ、撫で下ろした。

「……っ」

びくっとヴィハーンの筋肉が収縮し、長いしっぽの先がぴくぴくする。

赤い瞳に見据えられつつ、シシィはうっとりと溜息をついた。

「いいなあ。ヴィハーンのお腹。筋肉の形がはっきりとわかって……」

本当に、惚《ほ》れ惚《ぼ》れするほど雄《お》々《お》しい肉体だ。

シシィも鍛えているが、ヴィハーンと比べれば全然貧弱だった。しなやかではあるがどこもかしこも薄っぺらくて、迫力というものがない。

掌が臍に達すると、シシィは尻の位置を後ろへとずらした。無意識に息を詰めつつ、服の上から膨らみをまさぐる。

「シシィ……っ」

ヴィハーンはされるがままだ。

ヴィハーンのアレ……。

触ったことがないではない。でも、いつもはもっとわけがわからなくなってからなので、緊張する。ドキドキしつつ揉みほぐすと、掌の下で、熱の塊が力を増したのがわかった。

おっきく、なってきた……。

ヴィハーンがつと手を伸ばし、シシィの頰に触れる。

「聞いて、いいか?」

「何でしょう?」

「ユージーンと、何を話していた」

シシィは眉間に皺を寄せた。

「あの人、酷いんですよ。僕を雑用係だと思っていたんです」

「それだけか?」

ヴィハーンが冷静にかぶせてくる。どうやら誤魔化しは効かないらしい。

「それから、命を助けてもらった礼をしたいから後で宿まで来て欲しいと言われました」

「行く気か?」

「まさか」

既に行けないと、使いをやって断ってある。

「手も握られていた」

「握られていたんじゃなくて、摑まれていたんです。……ヴィハーン。もしかして、ユージーンに嫉妬してます？」

ヴィハーンの声が尖《とが》った。

「悪いか」

シシィは手で口元を押さえる。唇が、むずむずした。うっかりしたらにやにやと笑ってしまいそうだ。

「ヴィハーンって、可愛いですよね」

ぽすんとヴィハーンの胸元に伏せて隠した顔をヴィハーンが覗き込もうとする。

「シシィ。今までにないくらい疲れているようだな」

「疲れてません。ヴィハーンはとっても可愛いです。……ユージーンを助けたのは、外国の身分の高い人が迷宮で死んだら、ヴィハーンが後で困ったことにならないかと思ったからです。心配するようなことなんて、何もありません」

本当は眠くて今にも落ちそうだけど、ヴィハーンにこんなに可愛いことを言われたら、寝てなんかいられない。

シシィは目の前の布をぐいと引っ張った。ヴィハーンが穿《は》いているズボンは複雑に織り込まれた腰布でできていて、こうすると簡単に剝ける。

「シシィ……っ！」

露出した雄を見下ろしたシシィの視線が揺らいだ。

ここも、何回見ても凄い。

見ただけで今までにされた様々なコトが頭の中に蘇《よみがえ》り、ぶわっと血が沸騰する。とはいえ、魔物と交戦しながら一晩駆け通した後だ。いくらヴィハーンといえど疲弊している。更に疲れるようなことをさせては本末転倒だ。

——なら、僕が頑張ればいい。

「ヴィハーン、……大好き」

ヴィハーンが目を逸《そ》らした。照れているのだ。

やわらかな曲線を描く卵色の髪を掻き上げ耳にかけると、シシィはまだ育ちきっていないヴィハーンにキスを落とした。おとなしかったモノがぴくんと反応を返したのにびっくりして見上げると、ヴィハーンが何かを堪《こら》えるように口元を手の甲で押さえている。

耳が赤い。シシィのしていることに、興奮しているのだ。

小さな口を精いっぱい開き、ヴィハーンのモノに喰らいつく。ヴィハーンがいつもしてくれるように根元までくわえ込もうとしてみたけれど、できない。ヴィハーンが大きすぎるのだ。

もう少しもう少しと頑張っていたら喉の奥に当たりえづきそうになった。歯を立ててしまったら大変だ。慌てて顔を引くと、シシィだけでなくヴィハーンまで大きく息を吐く。

「シシィ、無理をするな」

「でも、めいっぱい吸ってもらうの、気持ちいいのに……」

緊張気味に震えていたヴィハーンの耳が勢いよく立った。シシィははっとして両手を振る。

「あっ、違うっ、違いますっ。別に僕は、いつもそんなことで気持ちよくなってなんか……っ」

「シシィ」

ヴィハーンの手が伸びてくる。

振っていた手を取られ、くちづけられた。

赤い瞳が怖いくらい熱を帯びているのに気づいてしまい、シシィは口を噤む。

「吸うのはまた次でいい。それより、おまえが舐めているところが見たい」

欲を含んだ低い声に、脳が蕩ける。シシィは操られるようにヴィハーンのモノに顔を近づけると、舌を伸ばした。

ねろりと舐める。こんな感じでいいんだろうか。

上目遣いに顔色を窺うと、ヴィハーンも熱に浮かされたような目をしていた。

あ。

じんと腰の奥が痺《しび》れる。

いつもどうやってもらってたっけと考えながら、舌先で先端の割れ目を探った。くじるように刺激すると、ヴィハーンの眉間に皺が刻まれる。

「……っふ、」

弾んだ息に嬉しくなる。よく見えるよう舌を伸ばし、何回も舐め上げると、ヴィハーンが頬を撫でてくれた。

舌に独特の味が絡む。感じてくれているのだ。シシィの拙《つたな》い愛撫に。

いまだ知らなかった悦《よろこ》びが胸の奥からせり上がってきて、シシィは夢中で熱塊に舌を這わせた。

とろとろと躯の奥が濡れ始めたような気さえした。身動きするだけでにちゅりと水音が立ちそうだ。

「んっ、んくっ、ふっ、ん……っ」

ただでさえ大きなものが更に大きく硬く張り詰める。だが、不慣れなシシィの舌技では物足りないのか、なかなかイかない。

視界の端でしっぽの先がぴくぴくと落ち着きなく動く。

両手をヴィハーンのものにちょこんと添え、頑張っていると、ヴィハーンの手が後頭部へと回された。

イくのかな？

いつも口でしてもらう時、いけないいと思いつつも最後には腰をしゃくり上げてしまうことを思い出したシシィは、あえてヴィハーンをくわえ込んだ。

ヴィハーンの雄はシシィのモノに比べて長さも太さも段違い、きっと喉奥までねじ込まれることになる。先刻試した以上に苦しいだろうけれど、ヴィハーンが気持ちよくなってくれるならかまわない。我慢しようと思ったのに。

ヴィハーンは何度か指を震わせたものの、シシィの頭を強引に引き寄せるような真似も、腰を突き上げるようなこともしなかった。太腿を痙攣《けいれん》させただけで放つ。シシィのために堪えてくれたのだ。

「く……っ」

「んっ、けほっ」

少し噎せてしまったけれど、シシィはヴィハーンの精を全部呑み下した。ちゃんと、できた。

達成感に打ち震えるシシィの背中をヴィハーンが抱く。どこか辿々しい手つきにおやと思って見ると、赤い目がとろんとしていた。

「ヴィハーン？　眠くなっちゃいました？」

終わって一気に疲労が蘇ってきたのだろう。絡みついてくるしっぽを撫でてやると、ヴィハーンはなぜかシシィの服を脱がそうとし始めた。自分だけ気持ちよくしてもらうのでは不公平だと思ったのだろうか。

「ヴィハーン？　あの、僕は今夜はいいです」

「だが」

「もう眠いんです。ヴィハーンもですよね？　一緒に寝ましょう？」

発情期があるせいだろうか。普段のシシィには性欲というものがほとんどない。できないわけではないし、今も少し躯が火照《ほて》ってしまっているが、目を瞑ればあっという間に眠ってしまえる。

ぽんぽんと背中を叩いてやると、ヴィハーンの手から力が抜けた。

「寝、る……？」

「ヴィハーン、もう半分寝ちゃってますよね？」

くすくす笑いだしたシシィの卵色の髪にヴィハーンが鼻先を埋める。腰にヴィハーンの長い両腕がしっかりと回されていてとても抜け出せそうになかったので、シシィはくしゃくしゃになっていた腰布を引っ張り上げて申し訳程度にヴィハーンの下半身を覆ってやった。

「おやすみなさい、ヴィハーン」

「ん……おやすみ……」

きっと眠れないと言っていたヴィハーンの耳が脱力してゆく。すうすうと寝息を立て始めたつがいに触れるだけのキスをすると、シシィもまた目を閉じた。

♪　♪　♪

宿屋ばかりが建ち並ぶ通りの中でもっとも門に近く、豪奢《ごうしゃ》な宿屋のロビーで、ユージーンはシシィを待っていた。湯浴みを終え、砂っぽくなっていた耳もしっぽも艶々だ。こざっぱりとした濃紺のキモノに細く編まれた乳白色の髪が映える。

両開きの扉が開かれるとユージーンは待ちかねたように腰を浮かしかけたが、入ってきたのが部下だとわかると、失望も露《あら》わにまたソファに身を沈め、拗《す》ねた子供のように足を投げ出した。

「シシィさまでなくて申し訳ありません」

「……そう思うなら、気を利《き》かせてあれを探してこぬか」

他の部下が小さな声で主を諌《いさ》める。

「ユージーンさま。シシィさまを待つのはおやめください。来られないという伝言も貰ったではありませんか」

「来ないなどということがあるわけがない。我はシシィに運命を感じたのだ」

とんでもない爆弾発言だったが、ユージーンの無茶に慣れている部下たちは疲れたような顔をしただけだった。

「ええ……」

「本当なんですか?」

「こんなことで嘘などつくか。あの小さな躯が目の前に躍り出て毒棘を叩き落とした瞬間、確信したのだ」

オメガ、特に男オメガは男のくせに女々しい者が多く気概というものがない。だが、シシィは違った。

あの時、小さいはずのシシィの躯が大きく見えた。

オメガである上、脆弱な人間という種に生まれ、細く華奢な体躯しか持たないのに、果敢に魔物に立ち向かう姿に欲しいと思った。なぜ我を守ったと尋ねた後に見せた微笑に、このオメガを何が何でも手に入れなければならないと直観した。

「それは吊り橋効果というやつなのでは……」

「わからん奴だな。我《われ》が運命と言えば運命よ」

ユージーンは口元に薄い笑みを浮かべる。

――自らここに来ぬのなら、迎えに行かねばなるまいて。

「とにかく、青竜の肉を買って参りました」

テーブルに紙包みが置かれる。開けてみると、家族四人が一週間食べ続けても余るほど大きい肉塊が入っていた。

「随分と時間がかかったな」

「急いだのですが、迷宮都市中の住民が集まったのではないかと思うほどの混雑ぶりで、長蛇の列になっておりまして」

「これで幾らだったのだ？」

「銅貨一枚です」

「馬鹿な。以前兄上が父上の誕生日用に取り寄せた時は、一塊で白金貨が飛んだと言っていたぞ」

白金貨は金貨十枚と等価である。竜種の肉は滅多に入荷しない上に大爪蟹をも超える美味で知られており、とんでもなく高価なのだ。

「それだけではありません。一人一点限定ですが、鱗も銀貨一枚、爪、牙、骨もそれぞれ金貨一枚で販売されていました」

部下たちが浮き足立つ。買いに行きたいのだ。どれも武具の素材として優秀で、そんな端た金で手に入ることなどありえない品々である。

ユージーンはソファの背もたれに寄りかかると、肩から後ろへと髪を払った。細く編み込まれた髪束がやわらかな革にぶつかり、夏の雨の降り始めのような音を立てる。

「大金を捨てるような真似をするとは。シシィの主は大した偽善者だな」

ユージーンは、シシィにぺったり張りついていた死に神のように禍々しい男を脳裏に思い浮かべた。おそらくあれがシシィの主だ。黒い毛並みに黒い外套。長い手足と隙のない立ち居振る舞いが印象的なあの男はシシィをとても気に入っているようだった。

「しかし、民は救われたことでしょう。自分で使わず外から来た商人に売れば、迷宮が閉鎖されても一月《ひとつき》は食い繋げます。青竜即売の売り上げも明日から始まる迷宮の調査の費用に回されるとか」

「何だそれは。なぜあの男がそんな費用を負担する」

「竜肉を販売していた守護機関の者たちが言っていたんですが、青竜を討伐《とうばつ》し、民人に振る舞うことを決めたのは、アブーワの領主だそうです」

ユージーンは口角を上げた。

「……何だと?」

皆、門へと行っているのだろう。閑散としていたロビーに乱暴に扉を開く音が響く。口を噤み視線を走らせると、髪にいくつも大きな白い守り石を飾った男が供を連れて入ってきた。供はユージーンの目の前にあるのと同じ包みを抱えている。

「こいつを料理して部屋に運べ」

供が包みをカウンターに置くと、貴族らしい主が命じた。この宿にはやはり迷宮都市一と呼び名も高い料理屋が併設されている。どうやら相応の手数料を払えば、持ち込んだ食材の調理もしてくれるらしい。ちょうどいいとユージーンは立ち上がった。

「そなた、少しよいか?　我はユージーンと申す」

男が振り向く。

「スパージョン侯爵だ」

「その竜肉。誰が狩ったものか、聞いたか?」

男が目を細めた。ユージーンの髪に輝く数々の守り石でそれなりの身分にあることを察したのか、尊大さが滲むものの丁寧な口調で答える。

「ああ。アブーワの新領主、ヴィハーンさまだ」

ユージーンは鼻に皺を寄せる。ヴィハーンという名に聞き覚えがあった。——まさか。

「青竜を退治したのは、黒髪に赤目の探索者だったが？」

男が嗤う。

「その探索者こそがヴィハーンさまだ。外つ国には知られていないのか？　ヴィハーンさまが領主であると同時に、『迷宮都市の覇者』という二つ名で知られるトップランカーであるのだと」

——面白い。

癖のある笑みを浮かべたユージーンとは反対に、部下たちの間には激震が走っていた。

「どっ、どうしましょう、ユージーンさま……っ」

部下の一人が声を震わせる。そういえば迷宮で、色々とまずい発言をしてしまったような気がする。

「はは、何をしたのか知らないが、案ずることはない。探索者に身を窶した時のヴィハーンさまは他の探索者を仲間扱いし、ちょっとやそっとの無礼では咎《とが》めないという話だからな。私たちとしてはもう少しお立場を自覚して欲しいところなのだが」

「ほほう、そなた、領主に不満が？」

男はユージーンへと完全に向き直ると、カウンターに寄りかかった。

「まさか。ヴィハーンさまはランカーでさえ跪《ひざまず》かせることができる強者《つわもの》だぞ？　一目見ればアルファであるとわかるあの威容、迷宮についての知識の深さ。アブーワ大迷宮の統治者に、あの方以上にふさわしい方はいない。とはいえ、欠点のない者などこの世にいるわけがない。あえて苦言を呈するとするならば――」

男が声を潜める。

「つがい選びの拙さだな」

「つがいとな。あの男の相手はどのような女性なのだ？」

「女性ならまだよかった。ヴィハーンさまのつがいは男オメガだ。それも孤児で、どこの馬の骨とも知れない。ここだけの話、発情期に逃げ場のない迷宮でヴィハーンさまを誘惑し、子を身籠ったことでつがいの座を勝ち取ったらしい」

「ほうほう、それはそれは……」

これだからオメガは好きになれないのだと、ユージーンは心中密かに思った。

「アルファはオメガと違い、何人とでもつがうことができる。厚かましいオメガなど外で囲えば十分なのにヴィハーンさまも人がよい。正式につがいに迎えられたせいで、ヴィハーンさまに求婚されるのを待っていた美しく身分もふさわしい娘たちが大勢枕を濡らすことになった。私の娘もだ」

あの男の妻になりたい娘がいることに、ユージーンは軽い驚きを覚えた。だが、考えてみればあの男はアブーワの領主である。あの男ではなく、あの男の身分と結婚したいと思う娘とその親ならばいくらでもいたに違いない。

――ふん、この男が男オメガを悪し様に言うのはだからだな。この男は娘を領主の妻に据えたかったのだ。となると、その男オメガが本当に性悪かどうかは微妙なところだな。まあ、もし性悪でないとしたら、領主のつがいの選び方は最悪だが。

孤児なら後ろ盾は皆無。何が起きても誰も庇ってはくれない。全方位から浴びせられる敵意に晒されることになる。

「そのオメガはきっと幸せにはなれぬだろうな」

他に客がいないせいだろう。ユージーンの声は思った以上に大きくロビーに響いた。男が醜悪な笑みを浮かべる。

「うむ、うむ！　身の程をわきまえぬ者が幸せになれる道理がないのだ。きっとそのうち親切な者が、下賤《げせん》の身にふさわしい場がどこか、シシィさまに教え導いてくれることだろう」

「シシィだと？」

ユージーンが満面の笑みを浮かべた。

◇　◇　◇

深層から上がってきた魔物と遭遇したら一般の探索者では歯が立たない。だからヴィハーンは迷宮を閉鎖したのだが、アブーワには迷宮以外何もない。このままではアブーワという迷宮都市もまた息絶えてしまう。可及的速やかに上層にいるべきではない魔物を殲滅し、探索を再開できるようにしなければならない。

朝も早い時間にルドラが、泣いているアニクを連れてきたので授乳を済ませると、シシィたちは再び迷宮に赴いた。弟たちも自分できちんと装備を整えついてくる。門前広場には既に守護機関によって召集されたランカーたちが集まっていた。

「おはようございます」

「おあよ、ござーましゅ」

シシィに続き弟たちが大きな声で挨拶する。強面《こわもて》のランカーたちを恐れる様子もない。幼な子たちへ、胡乱げな視線が集まった。

「……んん。子供？」

「ラージャ、何だこのガキどもは」

「俺のパーティーメンバーだ」

「ああん⁉」

驚愕するランカーたちを無視して砂除けの布で口元を覆うと、ヴィハーンは出発を命じた。どうせ魔物に遭遇すれば実力のほどはわかる、説明で貴重な時間を無駄にするのが惜しいと思っているのだ。ヴィハーンはこういうところが雑である。

第一階層は静かだった。シシィたちはまず、昇降機へ向かった。重装備で身を固めのっしのっしと歩く探索者たちは足元をちょろちょろしている獣人の幼な子たちが気になってならないようだ。時々ぺしょんと転んでしまう子がいると、恐る恐る襟首《えりくび》を摘まんで立たせてやったりしている。

「……おにーちゃん、あいあと」

弟たちは何かしてもらった時、お礼にぎゅっぎゅする。立たせてもらった弟は、いつも通りちゃんとお礼を言うと、厳ついおっさんの足にきゅっと抱きついた。

「……っ」

おっさんのしっぽがぶるぶる震え、顔が仄かに赤くなる。他のランカーたちも浮き足立ったが、浮ついた空気は昇降機に乗り込むと消えた。

上層を狩り場とする探索者は普通、収納の魔法具を持っていない。昇降機の箱は大量の獲物を載せられるよう、二十人は軽く乗られる大きさがある。扉は鋼鉄製だ。

一階層ずつ箱を停め、扉を細く開ける。そのたびに獣人が頭を突き出し、鼻と耳を駆使して階層の状態を探った。

「やべーにおいが複数あるな……」

「ああ。数は多くないが、背筋の毛が逆立つ。多分深層のやつだ」

「おい、閉めろ。気づかれた。気配が一つ近づいてくるぞ」

魔物はシシィたちが迷宮から脱出した後も上へ上へと詰めかけてきていたらしい。第五層くらいまでは静かなものだったが、そこからは一階層降りるごとに魔物の密度が増していた。第十五階層などは扉を開けようとしたところで魔物に突撃され、箱が大きく揺れたくらいである。

可能なら昇降機から降り、殲滅戦を開始するつもりで腕が立つ面々を揃えてきたが、これでは戦いを挑んだところで集まってきた魔物に嬲《なぶ》り殺しにされるだけだ。

打つ手が見つからないまま地上へと戻る。

シシィは高い位置にあるヴィハーンの顔をちろりと見上げた。

これは物凄くまずい状況なのではないだろうか。

アブーワは迷宮都市。迷宮ありきの街である。迷宮を封印しなければならなくなったら、アブーワは終わる。そうしたら領主であるヴィハーンは？　どうなるのだろう？

視線を感じたのか、赤い瞳がきょとりと動きシシィを捉えた。ヴィハーンの口角が僅かに上がる。

「大丈夫だ」

その言葉はすとんとシシィの中に収まって、もやもやと湧き上がりつつあった不安を吹き払った。

そっか、ヴィハーンが言うならきっと大丈夫なんだ。……って、我ながら単純すぎやしないだろうかと、自分のヴィハーンに対する信頼感がおかしいくらいに高いことに小さく首を捻ったシシィは、ヴィハーンがこれまで言葉を違えたことがないことを思い出す。

ランカーたちにも聞こえたのだろう。張り詰めていた空気が緩んだ。

「しゃーねえ。迷宮に入れねえんだ。飲みにでも行くか！」

「いいねえ、昼酒最高！」

「ひるざけ？　それ、おいしーの？」

弟の質問に笑い声が広がる。

「うまいがちーっとおちびちゃんたちには早すぎっかなー」

階段を上って外に出ると、照りつける太陽が膚を灼《や》いた。

◇　◇　◇

おじいちゃんが教えてくれた精霊魔法はとても便利だ。そのせいでシシィも弟たちもついつい多用してしまう傾向にあるけれど、精霊に手を貸してもらったら後でお礼をしなければならない。迷宮から脱出する時にシシィも弟たちもたくさん魔法を使ったから、お礼もたくさん必要だ。徒労に終わった迷宮調査から戻ったシシィは買い物に出ることにした。バターや小麦は屋敷の食料庫にたくさん蓄えがあるけれど、紅苔桃を山ほど買う必要がある。それも新鮮でとびきり甘いのだ。どうして僕はこんな時に菓子作りなんかしているんだろうと思わないでもないけれど、精霊魔法が使えなくなったら困るので仕方がない。

「どぅるーぶもおかいもの、おてつだいするー」

「おれもいくぜ」

シシィはアニクをスリングに入れると、大きな籠を肩に掛け、迷宮で全然活躍できず元気が有り余っている弟たちを連れて市場へと出発した。シシィの後を水鳥の雛のように群れて歩く幼な子たちの集団は、既にこの街ではお馴染みだ。

「あらあ、ちびちゃんたち、今日はみんなでお出かけなの？　いいわねえ」

「迷宮に入れない探索者たちが真っ昼間から飲んだくれてるから気をつけろよ」

「シシィちゃん、寄っていきなよ。今日は紅苔桃のいいのが入ってるよ！」

色とりどりの果物が積まれた露店の店主に呼びかけられ、足を止めたシシィは、先に品定めに興じていた男女に気がつくと破顔した。

「フィンリーさんにアーシャちゃん！　こんにちは」

「おう、シシィにちびども。アニクは今日もいい子のようだな」

この二人はシシィがアブーワに来たばかりの頃に働いていた酒場の店主と店員だ。隻眼《せきがん》で見るからに厳ついフィンリーは、元は凄腕の探索者だったらしい。今はアニクのふくふくした頬をつついてゆるゆるの顔をしているけれど。

「あっ、あーしゃ、くび、かじられてるっ」

何本もの編み込みにした見事な赤毛にほとんど隠れてしまっていたけれど、弟たちは目敏い。アーシャのうなじにくっきり残った歯形に気づき、騒ぎだした。

アーシャはオメガだ。オメガのうなじに残る噛み痕《かあと》は、誰かとつがいになった証しだ。

「アーシャちゃん、ついにいいアルファを射止めたんだ」

「おう」

アーシャに聞いたのに、返事をしたのは店主の方だった。

「……何でフィンリーさんが返事をするんですか？」

「俺がアーシャのアルファだからに決まってんだろ」

「マジか⁉　ちゃんと同意の上なんだろうな⁉」

「一番初めに聞くことがそれか！」

こちらも顔見知りだったらしい露店の店主が二人をからかう。

シシィは胸がちくりと痛むのを覚えた。とてもおめでたいと思うし、よくしてくれた二人が結ばれるのは素直に嬉しい。フィンリーはオメガで定期的に発情期に陥ってしまうアーシャにずっと寛容に接し、有象無象《うぞうむぞう》から守っていたから、こういうことになるだろうと皆が思っていたのだ。この二人に『釣りあわない』なんて陰口を叩く人はきっといない。

——いいなあ。僕がヴィハーンとつがいになった時は、喜んでくれた人の方が少なかった……。

「おめでとう」

「ありがとう」

アーシャは幸せそうだ。

「ねーねー、ここんとこ、かみかみすると、つがいなのー？」

背伸びをしたドゥルーブがアーシャのスカートを引っ張る。

「うん、そう。アルファがオメガの首を噛むことを、つがいになるって言うのよ」

「ししーはゔぃはーんとつがいだけどー、かみかみ、ないよー？」

「……そうなの？」

自分のうなじは自分では見えない。僅かに掛かる後ろ髪を掻き上げると、フィンリーが唸った。

「薄い痣《あざ》みたいのがあるが、これがそれなんじゃねえか？　噛まれたのが昔すぎて、消えちまったんだな、きっと」

ずっと自分はベータだと思っていたシシィはオメガの自覚が薄い。噛み痕など気にもしていなかったが、ないと知ったらひどく心許ない気分になった。

「気にすることたねえ。ちゃんと発情期も来てるし、子もできたんだ。おまえがラージャのつがいであることに間違いはねえんだからな」

フィンリーに乱暴に頭を撫でられ、シシィは弱々しく微笑む。

「本当に、そうなんでしょうか。ヴィハーンは運命のつがいだって言うけれど、僕、それ、よくわかんなかったんですよね。うなじを噛まれた時に何か感じたのかもしれないけど、覚えてないし。つがいになったのは、運命だからじゃなく、ヴィハーン自身を好きになっちゃったからだし。本当に僕なんかがヴィハーンのつがいでいいのかな……」

フィンリーがひょいと肩を押し、露店の店主に声が聞こえないであろう位置までシシィを移動させた。顔が少し引き攣っている。

「何かあったのか？」

「別にないですけど……ヴィハーンがあんまりいい男すぎて……」

アブーワ公爵である上、探索者としても一流。おまけに優しくて、非の打ち所がない。それに比べてシシィはどうだろう。

「何だよ、惚気《のろけ》かよ！」

「違います！　僕は真剣に悩んでいるんです！」

忙しくしている間は忘れていたのだけれども、ヴィハーンと別れて、じゃあ今日は何をしようかと考えたら思い出してしまったのだ。昨夜のことを。

「僕は何て至らない人間なんだろう……」

腰を突き出したりしたら苦しいに決まっている。わかっているのにシシィはその瞬間になると欲に負け、控えめにではあるがヴィハーンに苦痛を与えていた。ヴィハーンは我慢してくれたのにである！　これでヴィハーンにふさわしい人間になりたいだなんて、よくもまあ言えたものである。

「具体的に何が至らねーんだ？」

話をする二人に気を遣ってか、アーシャは弟たちとお喋りしながら果物を選んでいる。

「何って……」

こんなこと、フィンリーに言えるわけがない。

思わず真っ赤になると、フィンリーが天を仰いだ。

「おいおいおい、何だよ、いやらしーことなのかよ！」

「違います！　フィンリーさんはちょっと黙っててください！　今、適切な具体例を思い出そうとしているんです！」

そう。これは口でしてもらった時だけの話ではないのだ。ふとした瞬間に自分って気が利かないなと思うことがある。もしかしたら気づいていないだけで、シシィは他にもたくさんヴィハーンに厭なことをしていたのかもしれない。

「まー、何だ。よくわかんねーけど、あんま気にすんな。おまえはラージャの唯一なんだ」

運命のつがい。

最初はそれだけで充分だったのにな。

シシィの相手をするのに飽きたのだろう。フィンリーがアーシャの許へ戻ってゆく。

近くで何かが割れる音がし、シシィはひくりと肩を揺らした。どうやら酔っぱらいたちが喧嘩を始めたらしい。痛ってぇという太い悲鳴が上がる。

どこに行っていたのか、ドゥルーブが自分の躯ほどもあるもふもふした塊を抱え、よいしょよいしょと運んできた。

「お？　何を持ってきたんだ？」

フィンリーの問いに、ドゥルーブがにぱっと笑って答える。

「まものー」

——え。

獣の腹が割れ、幾重にも並んだ牙が剝き出しにされた。生き物が出しているとは思えない不快な雄叫《おたけ》びが耳をつんざく。

◇　◇　◇

魔物が迷宮から出てくるなんて、あってはならない事態だった。

ひとまずシシィはヴィハーンの許へ走った。ヴィハーンは眉一筋動かさず報告を聞くと、そうか、と一言だけ放った。

ヴィハーンにこのことが意味するところがわからないわけがないのに、そうか？　それだけ？

ヴィハーンが広げていた書類を片づけ、立ち上がる。書類仕事用の楽な服装のままふらりと外に出たヴィハーンを追い、通りへと出たシシィは強い陽射しに手を翳した。

ドゥルーブが捕まえてきた魔物には既にとどめを刺して、守護機関へ持っていかせていた。フィンリーが言うにはあれは第五階層に生息するごく弱い魔物らしい。大した力を持たないはずなのに、酔っぱらった探索者たちは結構な怪我をしていた。もし女子供が襲われていたらどんなことになったか知れない。

門に着くと、ジュールもいた。

「早いな」

「ヴィハーン、君もね。さて、どっちがやる？」

「俺がやろう」

門が閉じられているせいでいつもより閑散としているが、それでも門前広場には開いている露店があったし、観光客もいた。ヴィハーンは彼らの目を気にせず門の前へと進み出ると、地面に掌を突いた。

――これは、魔法……？

ヴィハーンによって魔力を注ぎ込まれた石畳の表面にぼんやりと文様が浮かび上がってくる。

守護機関は迷宮の入り口を壁で囲み、一方向にだけ巨大な門を設けた。この建物全体が門《ゲート》と呼ばれており、中には陽射しを遮《さえぎ》るために大小様々な天幕が張られているが、天井はない。壁を登れる魔物なら、簡単に外へ出られる構造だ。だが、今、四方に立つ柱から透明な青い壁が建ち上りつつあった。門の外壁より少し小さい立法体が形作られ、門内と外とを分かつ。

ヴィハーンはあまり魔法を使わないが、使えないわけではない。単純に己の肉体を用いて戦う方が得意だし手っ取り早いだけで、魔力量はむしろ多い方だ。でも、これは魔法ではない。あらかじめ門に、すぐ発動するよう仕掛けられていた——。

「結界、ですか……?」

「ああ。これで魔物は出てこられない。ジュール、結界の維持と街の探索の手配は任せた」

「了解だ」

なるほど。ヴィハーンは最初から備えていたから、そうかで済ませられたのだ。

「門には皆、結界を張れる機構が組み込まれているんですか?」

シシィの質問にジュールが頷く。

「ああ。だが、ここのは特別製だ。ヴィハーンは昔から迷宮は育つ、それならその在り方が変化しないとどうして言えると主張していてね。トップランカーになってすぐの頃に私費で、門に魔力を注ぎ込めば簡単に結界が敷ける機構を組み込ませたんだ」

「そんな前から」

シシィは美しく輝く青い箱を見上げた。

神経がひりつくような興奮を覚える。

やっぱりヴィハーンは凄い。やることの格が違う。こんな人が運命のつがいで、嬉しい。嬉しいけれど。

——遠い、なあ……。

隣にいるのに。つがい、なのに。差がありすぎる。

もちろんシシィとしては現状に甘んじるつもりはない。何が何でも自分を磨いてヴィハーンにふさわしくなると決めているけれど。

「目標が高すぎて目眩《めまい》がしそう」

さっきフィンリーがしたように空を仰ぎ、シシィは勿忘草色の目を眇める。

◇　◇　◇

速やかに数匹の魔物が見つけだされ、駆除された。いずれも上層の魔物で、関係者一同は胸を撫で下ろしていたのだけど、翌日には馬よりも大きい蜥蜴が結界の中にいるのが確認され、アブーワを震撼させた。

明るい灰色の表皮を持つこの魔物の名は砂蜥蜴。本来は迷宮中層に棲息する。

守護機関が動くまでもなく、外套が欲しいという探索者が砂蜥蜴を狩った。だが、一時間後には別の魔物が現れた。

ヴィハーンは住民に避難勧告を出し、港に停泊していたすべての船を借り上げた。近隣の街や島はどこも快く避難民の受け入れに応じてくれた。ヴィハーンが迷宮産の貴重な品々を礼にちらつかせたからだ。

避難民に関する一通りの手配を終えると後をルドラに任せ、ヴィハーンも探索用の装備に身を包む。シシィも手伝ってベルトを締めたり裾を引っ張ったりし、最後にしっぽの毛並みが乱れているのに気がつきブラシを手に取った。ブラッシングするとヴィハーンが気持ちよさそうに目を細める。

「シシィ、最近顔色が冴えないが、何を気に病んでいるのだ？」

「えっ？」

固くなった掌に頬を撫でられ、シシィは一瞬言葉を詰まらせた。

大半の時間を紅苔桃のパイを焼くことに費やしているシシィと違い、ヴィハーンは目が回るほど忙しい。それなのに、この人は自分の些細《ささい》な変化に気づいてくれたのだ。嬉しいけれど、こんな大変な時にヴィハーンを煩わせるべきではない。シシィはヴィハーンの手を上から押さえた。

「別に気に病んでることなんかありません」

「……そうか。言いたくないならいい。穿鑿《せんさく》するつもりはない。だが、言いたくなったら教えてくれ。絶対に変に気を回して抱え込むな。俺にとって一番大事なのはいつだっておまえなのだからな」

うわ。

シシィは思わず両手で顔を覆った。ヴィハーンが眩しい。眩しすぎて、どうして自分なんかがこの人の運命のつがいなんだろうなんてことまで考えてしまう。

――だからって絶対身を引いたりはしないけれど。

「シシィ?」

「……っ、何でもないです。ほら、行きましょう」

門前広場に行くと、召集された探索者たちが集結していた。これからヴィハーンたちは彼らに改めて迷宮奪還への協力を求める。

ヴィハーンがジュールと共に彼らの前に立った。何も言わずとも、黒衣で身を包んだ獣人の長躯へと視線が集まり、場が鎮まる。

ヴィハーンが淡々と切りだした。

「知っての通り、迷宮の魔物たちが地上へ版図《はんと》を広げようとしている。一匹でも逃したら、多くの命が失われるだろう。悲劇を止められるのは、日頃から大迷宮に潜り、連中と対峙《たいじ》しているおまえたちだけだ」

国軍も衛兵も魔物相手では役に立たない。彼らは迷宮産の装備で全身を固めていないし、人の何倍も敏捷《びんしょう》で、何十倍も死ににくい敵と戦った経験がない。

「迷宮の湧出は始まったばかりだ。これからもっと多くの恐ろしい魔物が俺たちを蹂躙《じゅうりん》せんとやってくることだろう。俺は今の生活を、家族を、俺たちの知るこの世界を守りたい。おまえたちはどうだ?」

そして、魔物がどれほど無慈悲でどれほど容赦なく命を刈り取ろうとするかを知り、世界がどれほどの危機に瀕《ひん》しているかを理解しているのもアブーワの探索者だけだった。深層の魔物が放たれたら被害はアブーワだけにとどまらない。国境を越えてどこまでも広がる。討伐できるまで安寧《あんねい》の地などない。

「守りたいなら、力を貸せ。共に奴らを叩き潰し、地上は俺たちのものなのだと思い知らせるのだ。まずは明日、結界内に溢れた魔物を一掃する」

見たことのある獣人の探索者が拳を突き上げた。

「『比類なきいさおし《ヴァロー・エクストラオーディナリー》』は協力するぞ。奴らをぶっ殺して、今度こそ俺たちのパーティーこそが最強なんだと証明してやる！」

別の探索者が混ぜかえす。

「はあ⁉　誰が最強だって？　それは俺たちだってえの！　ラージャ、『青い灯火《ルミエールアズール》』も頭数に入れていいぞ」

他のランカーたちも次々に名乗りを上げた。

ジュール《守護機関の支部長》が手を上げると、門前広場は再び静かになる。

「今回のこの、迷宮の魔物が大挙して地上へと押し寄せる現象を『暴走《スタンピード》』と呼ぶことにした。討伐参加者には守護機関から報酬が支払われる。討伐した魔物はいつも通り、討伐した者のものだ」

探索者たちが色めき立った。

深層の魔物は高く売れる。報酬と合わせればかなりの稼ぎを得られることは確実だ。

続いて伸びやかな張りのある声が広場に響いた。

「さて、では、我も力を貸そうか」

声の主を捜し、探索者たちが一斉に振り返る。ヴィハーンが僅かに眉根を寄せ、呟いた。

「……ユージーン皇子《おうじ》」

「えっ」

それまで静かにヴィハーンの傍に控えていたシシィは目を瞠《みは》る。偉そうだとは思っていたが、ユージーンは皇子だったのだろうか。

見るからに荒くれた男たちの間をユージーンが進み出る。

「ほう、我が何者か知っておったか。先だっては世話になったな、アブーワ公爵。おかげでアブーワ大迷宮を満喫できた」

「こんな事態だ、もうワーヤーンに帰ったと思っていたが」

「ふふ。部下たちは確かに帰れとやかましかったが、どうしても欲しいものがあってな」

「欲しいものとは？」

とんとんと続いていた会話が途切れる。ユージーンが挑発的に目を細めた。

「シシィよ」

――――は？

探索者たちがどよめく。シシィは凍りついた。この人は何を言っているのだろう。

「取引しようではないか、アブーワ公爵。シシィを差し出すなら暴走が終結するまで我がワーヤーン帝国が誇る魔法兵をアブーワに貸し与える。我が魔法兵は強いぞ？　戦争がない現在は迷宮で腕を磨いているから、魔物にも慣れている」

シシィはユージーンの前へと進み出た。

「あの、ユージーンさま……いえ、ユージーン殿下……」

ユージーンが両腕を広げシシィを抱擁しようとする。

「おお、そなたには特別にユージーンと呼び捨てにするのを許そう。会いたかったぞ、シシィ。ずっと待っていたのに、とうとう会いに来てくれなかったな」

シシィは両腕を盾のように構え、抱擁《ほうよう》を拒んだ。

「僕はその、もうヴィハーンとつがっていて、子供もいるので、ユージーン殿下のつがいにはなれません」

「アブーワ公爵とつがっている？　そんなに綺麗なうなじをしているのに？」

卵色の髪が緩く波打つ襟足に触れられそうになり、シシィは思わず両手で押さえた。

「これは……っ、まだ子供の頃に噛まれたので、消えちゃったんです」

「ほう。噛み痕が消えたなどという話は聞いたことがないが」

涼しい顔で言い返されシシィは唇を噛む。本当のことを言っているのに、ユージーンはシシィが嘘をついてこの場をしのごうとしていると思っているのだ。どうやったらこの男を納得させることができるだろう。

「とにかく僕はヴィハーンを、あ、愛していますし、無理ですから！」

こんな時だというのに探索者たちが口笛を吹き囃《はや》し立てた。

「では、魔法兵の加勢はいらぬと？」

意地の悪い切り返しに、シシィは唇を引き結ぶ。

兵力はあるに越したことがない。ないけれど……。

アブーワ公爵のつがいならこれくらいうまくあしらえないといけないと思うのにどうしたらいいのかわからない。おろおろしていると、ぱん、ぱん、ぱんと手を叩く音が混沌《こんとん》とする広場にこだました。

「これはこれはワーヤーン帝国の第五皇子がアブーワに来ておられたとは！　ちっとも存じ上げませんでしたなあ」

ヴィハーンにどことなく似た壮年の男が笑顔で歩み寄ってくる。

「……貴殿は」

「ああ、これは失礼。私は先代のアブーワ公爵、これの父親です」

ヴィハーンを示ししっぽをくねらせる先代公爵に、ユージーンが一礼した。

「そうであったか。我こそ挨拶にも伺わず」

「いやいや、折角の迷宮都市ですからな、堅苦しい儀礼など忘れ、羽を伸ばしたくなるのも当然です。とはいえ今は迷宮に入れず退屈でしょう？　今宵はぜひ我が屋敷で歓待させていただきたい。大迷宮ならではの珍味をご用意いたしましょう。他ではなかなか味わえませんぞ？」

先代公爵が先ほどのやりとりなど聞いていなかったかのようにユージーンを招待する。ユージーンは立場上、公爵家の招待を断ることができない。

「では、今宵」

「やあこれは楽しみだ。陽が落ちたら、宿まで迎えを差し向けましょう」

「心遣い、痛み入る」

何だろう。この茶番は。シシィが呆然としている間にユージーンが退場する。にこにこと見送っていた義父は、ユージーンが見えなくなるなりヴィハーンの背中を叩いた。

「何をしているんだ、おまえは。あんなのにつけ込まれるな」

「……わかっている」

次いで義父はシシィへと向き直った。

「大丈夫だ。何も心配はいらない、すべて私たちに任せておけ」

アブーワは存亡の危機を迎えているのに？　他人任せにしていていいのだろうか。いいわけないと思いつつも、シシィはありがとうございますと微笑んだ。先刻までのユージーンと義父のように。

◇　◇　◇

アブーワ公爵家の食料保存庫には常時何種類もの魔物の肉が備蓄されている。おかげで急な話であったにもかかわらず黒竜のステーキや霊茸のサラダといった豪華な食事を用意することができた。シシィも使用人たちによって身なりを整えられる。アニクはいつもと違う華やいだ雰囲気を感じ取り、興奮しているようだ。俯《うつぶ》せの姿勢からぐっと頭をもたげ、しっぽをひっきりなしに動かしている。

「今日はねえ、お客さんが来るんだよ。獣人だけど、アニクの父上たちと違ってお耳が大きいんだ」

アニクがくわあとあくびをした。疲れてしまったのか、頭がぽてんと枕の上に落ちる。

「その人ねえ、皇子さまなんだけど、僕をつがいにしたいって言うんだよ。趣味が悪いよね？」

「そんなことはないと思うぞ」

「うー？」

アニクの小さな耳が揃って向いた方を見ると、ルドラがいた。足元にぞろぞろシシィの弟たちを連れている。歓迎の宴に出席しない子供たちはもう食事も風呂も終えたらしく、白いすとんとした寝間着の裾からしっぽの先をちろちろ覗かせていた。

シシィは首を傾げる。おやすみの挨拶をしに来てくれたのだろうけれど、なんだか様子がおかしい。皆、小さな牙が覗く口を半開きにしたまま、ぽかんとシシィを見上げている。どうしたのだろうと思っていると、オムが茶トラの耳をぴるんと震わせ、うっとりと言った。

「ししー、きれー……」

「え？」

シシィが固まると、ルドラが凄く楽しそうな顔をする。頬を真っ赤に紅潮させ興奮している弟たちは押しあいへしあいしながら部屋の中に雪崩れ込んでくると、シシィを取り囲んだ。

「ししーねー、おしばいにでてきた、てんしさまみたいー」

「きらきら、してゆ……」

ヴィハーンが買ってくれた守り石のことだろうか？　それとも使用人が顔に塗ってくれた何かの効果か？　シシィはしゃがみ込み、手近にいた弟をアニクを抱いていない方の手で抱き寄せた。

「ありがとう。おやすみ、シュリア」

「んっ」

額にキスすると、頬にキスが返される。一人一人キスして挨拶し終わったところで、使用人が開いたままの扉を形だけノックした。

「シシィさま。お客さまがおいでです」

「ありがとう。それじゃあ、おやすみなさい」

弟たちをルドラに預けると、シシィはアニクを抱いたまま大広間へと向かう。アニクはそろそろおねむの時間だけれど、今日だけは頑張ってもらわねばならない。愛らしい姿をユージーンに見せつけ、自分たちは幸せな家庭を築いておりユージーンの割り込む余地などないのだと思い知らせるのだ！

大広間にはアブーワの主立った貴族が揃っていた。ユージーンを歓迎するため、急遽《きゅうきょ》呼び集められたのだろう。

会場内に踏み込もうとして聞こえてきたご婦人方の会話に、シシィはふと足を止める。

「ふふ、よかったのではありませんか？　あの方は所詮《しょせん》平民上がりの下賤な男オメガですもの。ヴィハーンさまは可愛がっておいでのようですけど、公爵と皇子を並べたら皇子に飛びつくに決まってますわ」

「本当に可愛がっておられるのかしら？　迷宮内で誘惑されて致し方なくつがいに迎えられたのでしょう？」

「魔物と戦うなんて野蛮すぎます。そんな方、アブーワ公爵のつがいにふさわしくありません。ワーヤーンで引き取ってくださるなら、こんなありがたい話はありませんわ」

彼女たちはわざとシシィに聞こえるであろう場所を選び、声を張り上げているのだ。いつものことなのでシシィは小さく肩を竦めただけで、会場内を見回した。

いた。ヴィハーンもユージーンも向かいあって言葉を交わしている。

それにしても、何て対照的な二人だろう。

ユージーンは長く垂らした細い編み込みの束を一摑みだけ結い上げ、様々な色の宝石が輝く簪《かんざし》を挿していた。ワーヤーン帝国の民族衣装なのか、袖のある白いキモノに褐色の膚が強調され、精悍《せいかん》さが増している。常に姿勢がいいのは、そう躾けられているからだろうか。物腰も上品で、いかにも一国の皇子らしい華やかな佇《たたず》まいだ。

対するヴィハーンは、重い印象のある黒髪を整え、顔回りをすっきりさせていた。それだけで貴族然とした気品ある顔立ちが正しく印象に残る。

南方に起源《ルーツ》を持つ獣人の正装は躯のラインにぴったり添った丈の長い上着に腰布だ。ヴィハーンはいずれも黒を基調に揃え、上着には生命力に溢れた植物を抑えた色味で刺繍し、腰布は光沢のある無地の布にたっぷりとドレープを寄せて無骨な長躯に沿わせていた。

さながら月と黒い太陽のようだと、二人を眺めシシィは思う。それぞれに際立った存在感を放ち大広間を圧している。どうやら若い娘やオメガの視線はユージーンに集まっているようだが、シシィの目にはヴィハーンしか入らない。

シシィが来たのに気がついた二人が同時に振り返った。

「来たか、シシィ」

勝負の時だ。シシィは気合を入れると二人に歩み寄り、アニクをユージーンに見せた。

「ようこそ、ユージーン殿下。紹介させてください。息子のアニクです」

「シシィに似て愛らしい子だ。ワーヤーンに来る時はその子も連れてくるとよい」

ユージーンがふくふくとした頬をつつこうとする。ヴィハーンがその手を叩き落とした。

「ヴィハーン⁉」

「──俺の子に触るな」

まずい。公爵家の者として振る舞う時は『私』を使うヴィハーンが『俺』と言っている。

シシィは慌てて二人の間に割って入った。

「あの！　ユージーン殿下はどうして僕なんかを望むんですか？　僕をワーヤーンに連れ帰ったところで、何の利もないのに」

ヴィハーンの非礼を咎めるのはひとまず脇に置いておくことにしたらしいユージーンの眼差しが熱を帯びた。

「そんなの、そなたに運命を感じたからに決まっておる」

「えっ」

「わかっておるのだろう？　我はそなたの運命、対になる存在なのだと」

──本当に、何を言いだすのだろう、この男は！

「それ、勘違いだと思います。僕の運命のつがいはヴィハーンですし」

ユージーンは揺るがない。

「いいや。そなたも内なる声に耳を澄ましてみよ。そうすればきっとわかる、そなたの運命が我と結ばれているのが」

息を潜め、耳をそばだてていた貴族たちの間にざわめきが広がった。アルファとオメガの運命は

本人の直感がすべて、目に見える証左はない。

シシィは迷った。自分がこの男の運命だなんて話など一笑に付したいところだけど、魔法兵を借りねばならない相手なのだ。機嫌を損ねるべきではない。

「百歩譲ってそうだとしても――」

いきなり心臓がばくんと跳ねた。一旦言葉を切ってヴィハーンの顔を見上げ、シシィはしまったと思う。目立った表情の変化はないものの、瞳が怒りに燃えていた。たとえ仮にでも肯定してはいけなかったのだと気づいたものの、謝っている暇はない。

「子供がいることでわかるでしょう？　僕はもうヴィハーンとつながっています。ユージーンさまとつがうのは不可能です」

「そうであろうか。運命のつがいは特別だという。たとえ余人にうなじを穢《けが》されていたとしてもつがうことができるかもしれない。そもそも我は疑っているのだ。この男の牙が本当にそなたのうなじを穿《うが》ったことがあるのかと」

ユージーンが身を乗り出し、畳みかける。

「本当はそなたのうなじはまだ純潔なのではないか？　この男とつがったなど嘘で、出産もお芝居だったのでは？」

一瞬で頭に血が上った。

「アニクは間違いなくヴィハーンと僕の子です。大体、どうして僕とヴィハーンがお芝居でつがわなければならないんですか！」

「そんなことまで我が知るわけなかろう。まあ、身分の高いアルファはうるさくオメガにつき纏われるからな。つがいの座を埋めておけば少しは楽になるかもしれぬと我も思ったことがある」

「ヴィハーンは正真正銘、僕のつがいです！」

もはや誰もシシィの言うことなど聞いていなかった。貴族たちは期待に満ちた眼差しをユージーンに向けている。

「どんな契約でつがい役を引き受けたのかは知らぬが、いい機会だ。もうやめたらどうであろう。聞くところによると、アブーワの貴族たちはそなたを冷遇し、相手にしようとせぬそうだな」

「……は？」

「公子の妻になりたかったオメガやら令嬢やらからの嫌がらせが今も続いているのであろう？」

怒りに熱くなっていた躯から一気に血の気が引いた。どうしてこの人がそんなことを知っているんだろう。問い詰めたかったが、その前に、痛いほど強く腕が引かれた。

「……っ、ヴィハーン」

「少し、席を外す」

ユージーンが鷹揚《おうよう》に頷く。

「よいぞ。だが、シシィのうなじを噛んだりするなよ。卑怯《ひきょう》な真似をしたら、アブーワの滅亡が早まるかもしれぬぞ」

乱れた靴音が広間に響く。

貴族たちの無機質な視線を感じつつ廊下に出ると、手近の小部屋に押し込まれた。大広間で使わなかった調度をしまうための部屋なのだろう。椅子が整然と並ぶ空間には明かりもない。窓から差し込む月光に、先に入ったヴィハーンの長躯が黒々と浮かび上がる。

「本当に、嫌がらせを？」

部屋に入るなり聞かれ、シシィはアニクを抱く手に密かに力を込めた。

「ええっと、まあ、はい。でも、大したことありません」

「なぜ、言わなかった」

シシィはわざと明るく言う。

「え、だって僕、孤児ですし。親に捨てられるような子供が公爵さまのつがいだなんて許せないと思う人がいないわけないじゃないですか」

そうだ。孤児なんて下も下。平民でさえ憐《あわ》れと見下すような存在だ。そんな土塊《つちくれ》のような人間が、アブーワの中でも最高位にいるであろうアルファを射止めるようなことがあっていいわけがない。シシィには最初からこうなるのがわかっていたし、覚悟の上でヴィハーンの手を取ったのだが、ヴィハーンはそうではなかったらしい。

「誰だ？」

低い、それこそ死に神のような声に、アニクが耳をぴこぴこさせた。

「え？」

「おまえに嫌がらせをしたのは誰だと聞いている」

「そんなの、教えられません」

ヴィハーンの奥歯がぎしりと軋む。

「なぜ隠す」

「だってヴィハーン、教えたら仕返ししようとしますよね？　そんなの、駄目です」

「なぜ駄目なのだ」

シシィは薄暗がりの中でも爛々《らんらん》と輝く血色の眼をまっすぐに見返した。

「だって、俺のつがいに意地悪したのはおまえかなんて公爵さまが食ってかかって回ったりしたら、格好悪いでしょう？」

「だが……！」

シシィは全然納得してくれる様子のないヴィハーンの顔にアニクを押しつけた。喜んだアニクが両手両足でヴィハーンの頭にしがみつく。

「ヴィハーン、僕、困ったことがあるとすぐつがいに泣きつくようなオメガだと思われたくないんです。ヴィハーンは手を出さないでください。そもそも今はそんな些事にかまけていられる状況じゃないですよね？」

「些事じゃない」

食い気味にヴィハーンが言った。

「ヴィハーン」

「おまえが傷つけられているんだぞ、些事ではない！」

声を張り上げられ、アニクがぴゃっと四肢を縮めた。しっぽまで硬直してしまっている。

アニクがいるのに、大きな声を出すなんて。

シシィはアニクを抱き締めると、背中をぽんぽん叩いた。

ヴィハーンは大袈裟だ。こんなのは、些事だ。今現在ヴィハーンにはアブーワどころか世界の命運までかかっている。シシィは虐《いじ》められて病むようなか弱いオメガではないのだし、捨て置いていい。捨て置いてくれて全然いい、のに。

急に視界が滲んできた。鼻の奥がつんと痛んで、唇が震える。

「……っ、」

シシィは躯を反転させ、ヴィハーンに背中を向けた。はふと息を吐いて、引き攣りかけた呼吸を調える。

大丈夫だ、大丈夫。僕はヴィハーンさえ傍にいてくれれば、誰が何を言おうが気にしないし、傷つかない。今はまあ、こんなだけれど、頑張って、いつか彼らにもヴィハーンのつがいは自分しかいないと認めさせてみせる。だから。

「この話はこれでお仕舞い。僕、もうちょっと頑張りたいんです。助けが必要になったら必ず言いますからお願いです。もう少しだけ放っておいてください」

「……」

ヴィハーンが黙って後ろからシシィを抱き寄せる。その手は無骨だけれど、先刻までの乱暴さはなかった。髪に与えられたくちづけは了承を意味しているのだろうか？　わからなかったけれど心の赴くままシシィは上半身を捻《ひね》り、ヴィハーンにキスを返す。


大広間に戻ると、祭りが終わったような空気が漂っていた。ルドラと話していた義父が苦笑いしつつ、ヴィハーンとシシィを手招きする。

「ワーヤーンの皇子さまは、シシィに会うためだけに招待に応じたようだ。いなければもう用はないとばかりに帰ってしまった」

もう一戦交えるつもりでいたシシィは、ユージーンの姿がないことにがっかりすると同時に少しだけほっとした。

「すみません、席を外してしまって」

「連れ出したのはヴィハーンだ、シシィが謝ることはない。それよりこれからどうするか決めないとな。とりあえず、明日の結界掃討戦でワーヤーン帝国ご自慢の攻撃魔法を披露してくれることになったぞ」

ルドラが給仕に合図をし、飲み物を持ってこさせた。

「父上が『アブーワ大迷宮の魔物は他とは違う。精鋭といってもどれだけ通用することか』と煽《あお》ったら、シシィに実力のほどを見せてやるとキレながら張り切っていました。ユージーン皇子は守護機関やアブーワに随分と対抗意識を持っているようですね」

にこにこと何の他意もなさそうに笑いながら毒を吐く義父の姿が容易に想像でき、シシィは乾いた笑みを浮かべる。

「これくらいの意趣返し、してもかまわんだろう。あの男は、息子の可愛い嫁を掠《かす》め取ろうとしているのだからな」

義父が摘まみの木の実を噛み砕き、運ばれてきた強い酒を一息に飲み干した。飲み方が荒い。どうやら怒っているらしい。多分、ユージーンがシシィを追い詰め、奪い取ろうとしたからだ。

いい人。

シシィは野蛮で下賤な、ヴィハーンにはふさわしくないオメガなのに。シシィがいなければこんな面倒事に見舞われることなどなかったのに。義父はシシィを守ろうとしてくれている。本当の家族みたいに——と思った途端、また涙ぐみそうになり、シシィは奥歯を噛み締めた。

「果たしてワーヤーンの協力が必要かどうか、必要ならシシィの代わりにどの程度の対価を用意すべきか、実力のほどを見れば目処がつく。明日が楽しみだ。なあ、アニク」

義父がアニクの頬をつつく。んぶうと不満げな唸り声を上げたアニクにきゅっと人差し指を握りしめられた義父の顔は、今さっきまでの冷徹な施政者ぶりが嘘のように甘い。

◇　◇　◇

「おあよ、ござまーしゅっ」

「あさだぞ。おきろ、ししー」

「ん、むー……」

翌朝、シシィは弟の一人、ドゥルーブに揺すぶられて目を覚ました。眠い目を擦り見回せば、他にもよいしょこらしょとベッドによじ登ろうとしている弟たちがいる。アニクが眠る籠の中を覗き込む子も、ヴィハーンが脱いでいったのだろうシャツを広げてその大きさに目を丸くしている子もだ。皆、早くも迷宮用の装備で身を固めている。

「あれ？　ヴィハーンは……？」

乱れた卵色の髪の隙間から目を凝らすシシィの背に、小さい子が跨がって躯を揺すった。

「らーじゃはねー、もー、おっきしてるよー？」

「ししー、あしゃごはんらってー」

今日は試しに結界を解き、出てきている魔物を殲滅する日だ。深層の魔物と戦うのが楽しみでならないのか、弟たちは朝から物凄く元気だ。

シシィはごろんと躯を反転させ、弟を背中から振り落とす。ころころとシーツの上を転がされた弟がきゃあきゃあとはしゃいだ声を上げた。早く早くと急かす弟たちを足元に纏りつかせながら、シシィは顔を洗い、服を着替え、途中で泣きだしたアニクに乳をやる。

ようやく食堂に行くと皆、揃ってシシィを待っていた。恐縮しつつ朝食を済ませ、シシィはアニクを義父に預ける。

「できるだけ早く帰ってくるからね。いい子で待ってるんだよ、アニク」

「あうー」

むっちりした頰にキスをすると、アニクはくすぐったそうに身をよじった。死ぬつもりはないけれど、アニクの健やかで幸せそうな姿をしっかりと目に焼きつけてからヴィハーンと共に屋敷を出る。ちょこちょこ歩く十八人の弟たちに囲まれ門へと到着すると、何とも怪奇な眺めが生じていた。

青い立方体の結界《けっかい》の半ばまで魔物で埋まっている。

「これは……酷いな」

門前広場に集まった探索者たちは、門を見上げ顔を顰《しか》めていた。

魔法の威力が上がるという長衣《ローブ》を纏ったジュールもいて、シシィたちに気づくと麗しいかんばせに好戦的な笑みを浮かべ近づいてくる。

「来たか、ヴィハーン。ちびどももも武装しているな」

ヴィハーンが僅かに顎を引く。シシィはちょっと笑ってしまった。

「おはようございます。もう、危ないから駄目とは言わないんですね」

弟たちを見下ろすジュールの表情は何とも苦々しい。

「そもそもラーヒズヤ卿の養い子が見た目通りの幼な子なわけなかったんだ。戦力になるとわかったからには精々役に立ってもらうぞ」

弟たちは戦々恐々とするどころかわくわくしている。

立方体の下半分にみっちり詰まった魔物たちは、きょときょと目を動かしたり近くの魔物に食いついたりしているから、のしかかる重みに身動きできなくなっているだけで潰れてはいないようだ。

「夜のうちに随分と『出た』ようだな」

「そうなんだよ。結界が内圧に負けて弾け飛ぶほど溢れる前に朝が来てよかった」

「それで、どうする」

「結界に穴を開けて、魔物を少しずつ外に出す」

危険など冒さないに越したことはない。卑怯なようだが一匹ずつ出して大勢で囲んで狩れば、どんな魔物でも問題なく狩れるはずだ。

集まっていた探索者たちを門前に集め、ジュールが作戦を説明する。既に理解しているシシィが弟たちと一緒に人垣の一番後ろで待機していると、いきなり後ろから誰かに突き飛ばされた。

「……っ」

「ししー！」

オムを潰しそうになってしまい、シシィは慌てて手を突く。謝りもせず、人垣の中に身を隠すようにして逃げていく男は、探索者には見えない。上等な服といい靴といい、貴族の使用人のようだ。

「ししー、だいじょぶ？」

「あいつ、とっつかまえて、あまやらせる！」

「謝らせる、だよ。ほらもう結界が解かれちゃうし、いいよ、シュリア」

「でも、ししー。あいつ、なんかししーに――」

不快な魔物の叫び声が急に鮮明さを増した。結界の上部、ちょうど魔物たちの喫水線に当たる場所に、魔物一匹がようやく通れるほどの穴が開けられたのだ。

「来るぞ！」

誰かの声に緊張が高まった。穴を通り抜けた魔物が、解放された門の間にどすんと落ちてくる。

「よし、一度塞げ！」

「すまん、できない……！」

門の前で結界の調整をしていた守護機関の職員から悲鳴めいた声が上がった。二匹目の魔物が穴に無理矢理半身を捻《ね》じ込んでいるせいで閉じられなくなってしまったらしい。三匹目も既に鼻面を突っ込んでいる。連戦は必至のようだ。

早く、早く。次が落ちて来る前に魔物を叩きたい――。

気が急くが、皆、じっと我慢し、魔物を睨みつけている。合図があるまで前に出てはならないと、ジュールに命じられているからだ。

「やれ！」

ユージーンの命令に、探索者たちの後ろに陣取る五人のワーヤーン人たちの一番右の一人が杖を構えた。どうやら狙いは広場に出てきた魔物ではなく、結界の中らしい。

運悪くちょうど出てきた魔物に当たってしまったものの、たった一撃でかなり硬い甲殻を持つ魔物が爆散した。

「おお！」

探索者たちが歓声を上げるが、ユージーンは聞こえないかのように顎をしゃくる。

「次！」

二撃目はうまく穴から結界の中に入った。凄まじい爆発が湧き起こり、結界の中が真っ白に染まる。

「おおおおお」

穴から溢れ出る熱気で顔が熱い。結界を保持していた魔法使いにも衝撃があったらしく膝を突く。守護機関の職員が慌てて飛んでいったが、どうやら大事なさそうだ。

次にずるりと落ちてきた魔物は死んでいた。中ではなおも炎が燃えさかっている。もう一撃、結界内にぶち込むと、ユージーンはようやく門前広場でかちかちと牙を鳴らしている魔物へと矛先《ほこさき》を変えさせた。探索者たちが使う魔法と一体何が違うのか、ワーヤーンの攻撃魔法の威力は凄まじく、魔法耐性を持つらしい魔物以外掃討される。五人が一撃ずつ魔法を打ち終わると、ようやくジュールからお許しが出た。

「かかれ！」

探索者たちから鬨《とき》の声が上がる。戦いが始まったのだ。

ユージーンたちの魔法によって、結界内の魔物の半分近くが死んだようだった。他の魔物に押し出され、次々に死骸が落ちてくる。そして、何の損傷も受けていなそうな魔物も。

シシィはナイフを握りしめた。

ここにはヴィハーンを始めとするランカーがいる。弟たちはまだ深層の魔物に慣れていないけれど先日の反省を踏まえ、これまでの記録を読み込んで魔物ごとの攻略法を頭に叩き込んでいたからもう無様は晒さない。

遠距離攻撃ができなくなったら役に立たなくなるのではないかと思われた魔法兵たちも、魔法と武器を使い分けながらうまく立ち回っているようだ。

悪くない流れになっているように思われた。ただ、一つ問題があるとするならば。

——何か僕、狙われてない……⁉

「風よ……！」

自らに精霊魔法を掛けて三羽の鳥のような魔物の連撃を跳ねるような足取りで躱すと、シシィは額を伝い落ちる汗を拭った。

たまたまかもしれないけれど、自分の周りだけ魔物の密度が濃い。

「えっ」

目で追うのが精いっぱいの早さで襲いかかってきた魔物を避けようとしたら手首に痛みを覚え、シシィは小さな声を上げた。見ると腕輪がなくなっている。引っ掛けられて留め具が壊れてしまったのだろう。周囲にきらきら光るものが散っているのが見えた。

――ま、いっか。きっと誰も見ていなかっただろうし、今はそれどころじゃないし。

鳥のような魔物に加えて猿のような魔物が三匹、シシィに喰らいつこうとしている。こんなに多くの魔物に囲まれている探索者は他にいない。

「誰か、掩護をお願いします！」

回避に専念しつつ、シシィは声を上げた。残念ながらヴィハーンは若手のフォローで手いっぱい、弟たちも目立つ大型の魔物の攻略に夢中のようだ。だが、他にも探索者は大勢いる。

「おう、今行くぞ！」

早速、近くで戦っていた探索者が胴間声《どうまごえ》で答えてくれた。だが、大剣を担いでのっしのっしと駆けつけようとしてくれたその探索者は、あと少しというところで顔を顰め、足を止めてしまう。

「おい、待て、冗談じゃねえぞ。おまえ、何でそんな状態でこんなところに来てんだ⁉」

「え？　何のことで……っ！」

油断したつもりはなかった。ほんの少し、見知らぬ探索者との会話に意識を向けただけ。

だが、それがいけなかったらしい。背中がずしりと重くなり、シシィは声にならない悲鳴を上げた。

生あたたかい息がうなじに吹きかけられ、悪寒が頭の天辺から爪先まで駆け抜ける。

――何、これ。

今までにない強烈な嫌悪感にシシィは必死に身をよじった。けれど、魔物は振りほどけない。それどころか首の後ろに食いつかれてしまう。

――――あ。

頭の中が真っ白になった。

「――っは、厭だ。厭だ厭だ厭だっ。誰か取って――――!」

うなじ。

ヴィハーンがくれた所有印が刻まれているはずの場所。絶対に他の誰かに穢されてはいけない大切なところ。

それなのに――よりによって魔物に――穢された?

ぽろぽろと涙が零れる。魔物に喰いつかれている自分自身まで汚らしいもののように感じられた。

頭がおかしくなりそうなくらい厭なのに、どう頑張っても魔物の牙は膚に食い込むばかり、剝がせない。

躯が前のめりに倒れつつあるのか、急速に地面が近づいてくる。何かに呼ばれたような気がして眼球だけ横に向けると、ぼやけた魔物や戦う人々の向こうに、ヴィハーンの姿がやけに黒々と鮮明に見えた。

遠いな、とシシィは思う。近づきたいのにヴィハーンとの距離は広がるばかりで、ちっとも縮まらない。

倒れるまでの時間が、異常に長く感じられた。躯は硬直したように動かない。そのまま地面に激突することを覚悟したけれど、次の瞬間、シシィはヴィハーンに抱き留められていた。背中の重みが消え、地面に夥しい血がぶちまけられる。ヴィハーンが背中の魔物を斬ってくれたのだ。なら、もう、大丈夫だ。大丈夫なはずなのに。

——死にたい気分だ。

ヴィハーンが門の方へと手を突き出す。今まさに這い出そうとしていた魔物の上半身が切断され、ゆっくりと落下していった。豊富な魔力量にものを言わせ、結界の穴を閉じたのだ。これで既に外に出てしまった魔物を仕留めるだけで事足りる。

「大丈夫か、シシィ！」

ユージーンが駆けてくる。飛びつきそうな勢いだったけれど、あと少しというところまで来るとユージーンは唐突に足を止めた。それどころか、ぎこちなく後退《あとずさ》る。心なしか顔色が悪い。

ヴィハーンはシシィを抱き上げると、歩きだした。

進路にいた大剣を担いだ探索者が仰け反るようにして飛び退く。他の探索者たちも弾かれたように道を空けた。魔物でさえ寄ってこない。ジュールも眉間に縦皺を寄せつつ身を引く。

ヴィハーンは探索者活動に専念するため門に近い高級宿に部屋を借りている。そこまで歩いていきロビーのカウンターにいた従業員に部屋へ湯を運ぶよう命じると、ヴィハーンは昇降機に乗った。最上階にある、かつてシシィと愛を交わしたこともある部屋に入り、浴室へ向かう。器用に足で扉を開けたヴィハーンは湯船の傍にシシィを下ろすと、間を置かず入ってきた従業員に水差しを足元に置くよう命じた。ヴィハーン自身は湯船に縋《すが》り躯を支えるシシィを黙って見下ろしている。

いつもシシィを見る時には甘さを宿す眼差しが、ひどく冷たく感じられた。

怒っているのだ。シシィのうなじが——ヴィハーンのものなのに——魔物に穢されたから。

従業員が礼儀正しく一礼し退出すると、髪を摑まれ、下を向かされた。びくびくしつつ従うと、頭から湯を浴びせられる。

乱雑な扱いに鼻の奥がつんと痛んだ。それでもおとなしく従ったのはヴィハーンがなぜこんなことをするのか理解していたからだ。

——汚くなってしまったものは、洗わないと。

ヴィハーンのしっぽの先が、したんしたんと床を叩く。

シャツの後ろ襟が引っ張られ、うなじが剝かれた。まだ血を流しつつある傷口を乱暴に擦られる。

「ひ……っ、やだ、痛い……っ」

だが、ヴィハーンは容赦なかった。また湯がかけられ、いつもの優しさが嘘のように指の腹でぐいぐい傷口を擦られる。

「くそ、まだにおう」

熱に浮かされたようなヴィハーンの呟きが、シシィを更に混乱させた。

におうって、何が？　僕が臭いってこと？

「ちっ」

怒気の籠もった舌打ちに躯が竦む。気がつけばヴィハーンは喉からひっきりなしにぐるぐると低い唸り声を漏らしていた。

髪と肩が乱暴に掴まれ、押さえ込まれる。なに、と問うより早く、うなじに歯が立てられた。

「――――っ！」

獣人の歯は人間と違って尖っている。中でも鋭い犬歯を思いきり突き立てられ、シシィは幼少時の自分がなぜ泣き喚《わめ》いたか理解した。

痛いなんてものじゃない。

新たに穿たれた傷から血が溢れ、床に膜を作った水をじんわりピンクに染めてゆく。

痛みと衝撃にがくがく震えるシシィのうなじをしげしげと眺めた後、ヴィハーンは鼻先を擦り寄せた。すんすんとにおいを嗅ぐ。

まだ臭かったのか、再び湯を浴びせられた。

「ヴィハーン……っ。ごめん、ごめんなさい。謝りますから、お願い、もうやめて……ああっ！」

また噛みつかれる。もう我慢できない。

シシィはヴィハーンの胸を押した。びしゃびしゃの床を這いずり、逃げようとする。

ヴィハーンは己が濡れるのもかまわず、シシィを引き戻した。そのまま強く抱え込む。躯が密着すると、尻に硬いモノが当たった。

嘘……。

シシィは愕然とした。

ヴィハーン、発情している。

「いやです、放してください」

がちんという音に続き、留め具を外されたベルトが落ちた。長い指がシシィのズボンの前を緩め、下着ごと引き下ろす。

「ヴィハーン！」

荒い息遣いがやけに耳についた。後ろにいるのはヴィハーンなのに、運命の相手で、愛している人のはずなのに、怖くて震えが止まらない。

尻の狭間に熱塊が擦りつけられる。ただでさえヴィハーンのものは大きい。発情期でもないのに無理矢理突っ込まれたらきっと壊れる。壊れたら、戦えない。アニクの世話だって、ちゃんとできない。誰の役にも立てなくなる。

——もう僕なんてどうなったっていいってこと？　その程度の存在に僕はなっちゃった？

絶望的な気分になったけれど、今動けなくなるわけにはいかない。

妄念を振り払おうとするかのように、シシィは叫んだ。

「厭です、ヴィハーン！」

躯を回転させながら、肘を突き出す。下手をしたら骨が逝くくらいの速度で狙ったつもりだったのに、攻撃はヴィハーンに届くことなく大きな掌で受け止められた。

恐る恐る視線を上げると、膝立ちになったヴィハーンがシシィを見下ろしている。

「あ……？」

目が合った途端、不可思議な変化がシシィを襲った。恐怖に強張っていた躯がかあっと熱くなり、次の攻撃に移ろうとしていた腕から力が抜けたのだ。更に、じゅんと躯の奥に蜜が湧いたのに気がつき、シシィは戸惑った。

何、これ——……⁉

腰が引き寄せられ、躯を斜めに捻った不安定な体勢のまま、雄を押し当てられる。シシィは、弱々しく首を横に振ったけれど、無駄だった。

入ってくる。恐ろしいほど大きく、反り返ったモノが。

「——————！」

どうしてだろう。慣らしてさえいないのに、痛みはなかった。発情期を迎えた時のように潤《うるお》った中はやわらかくヴィハーンを受け止めている。奥の肉が軽く痙攣しているのは、感じているからだ。

「……っ、あ、」

乱暴な律動が開始されると、シシィはたまらず上擦《うわず》った声を上げた。荒っぽく突き上げられるたびに甘い痺れが走って、とても我慢できない。躯がヴィハーンの陵辱を悦んでいる。

発情期でもないのに、どうして。

わけがわからない。わからないけれども。

「……あ……っ、ごめん、なさい。許して、ください。お願い、ヴィハーン……っ」

大きくて硬いものに乱暴に中を掻き回され、息を引き攣らせながら、シシィは許しを乞うた。

これは、罰だ。

うなじを守れなかったシシィへの罰。でも、なんて甘美な罰だろう。

太腿まで下ろされただけの下穿きが引っ掛かって足がろくに開けないせいでいつもより中が狭くなっているのだろう。擦り上げられるたびにヴィハーンの張った場所がごりごり当たって、腰が跳ねるほど感じた。

「は……あ、あ、あ……っ、ヴィハーン……っ」

ヴィハーンのにおいがした。

抱かれる時、いつも感じる、強い雄のにおい。このにおいを嗅ぐと頭がぼうっとして、下腹が熱く疼《うず》く。

シシィが気づかなかっただけで、ずっと香っていたのだろう。浴室中に充満するにおいに、発情

期でもないのに躯が容易《たやす》く綻んだのはこのせいかもしれないとシシィは思う。

またうなじを噛まれ、シシィはタイルに爪を立てて堪えた。ヴィハーンが身を震わせ、躯の奥が熱くなる。ヴィハーンが達したのだ。

ふーっふーっという息が、耳元に吹きかけられる。

猛々しいモノはずっぷりと突き刺さったまま。抜いてくれる気配はない。

心の中はぐちゃぐちゃだった。好きな人に痛い目に遭わされて哀しいのに、シシィの中のオメガは悦んでいた。僕のアルファに愛想を尽かされなくてよかった、まだ触れてもらえるだけで嬉しいと。

——これって、運命のつがいだからなのかな。運命のつがいってこういうものなのかな。

「おまえは……っ、俺のものだな……?」

耳元で囁かれる。混乱した頭では何を言われたのかすぐには咀嚼《そしゃく》できず黙っていると、ヴィハーンがぐいと腰を突き出した。茂みが尻につき、強烈な快感が指先まで走り抜ける。

「は……っ」

シシィは慌ててこくりと頷いた。

「そ、です……っ。僕は全部、ヴィハーンの……っ、ひあ……っ!」

いきなり腰を摑まれて引き起こされ、シシィは狼狽《ろうばい》する。

「だめ……っ、です。だめ、それ、深すぎ、る……っ」

ヴィハーンの肩に縋って腰を浮かそうとする。だが、ヴィハーンに下から突き上げられて叶わない。しつこくこね回されてまたひくひくと中が痙攣し始める。

ああ、駄目。

「イ、く。あ……っ」

白濁が飛んだ。

同時に意識も飛ぶ。でも、気を失っていられた時間は短かった。

「あ……あ、ん……っ」

躯が揺れている。中で何かがにゅぐにゅぐと動いていて気持ちいい。

飛んでいる間もヴィハーンに貪られていたのだと理解するより早く絶頂が訪れ、シシィは腰を震わせた。僅かに飛んだ蜜にはほとんど色がついていない。

「ヴィ、ヴィハーン……？」

達すると同時にきゅうっと絞り上げてしまったせいだろう。ヴィハーンも放った。シシィ自身の愛液とヴィハーンの精液で、中はもうどろどろだ。よくぬめって凄く具合がいいけれど、それだけに自分たちがいかに淫蕩な行為に耽《ふけ》っていたかがよくわかる。

「あ……」

少し休んだだけで、ヴィハーンがまた動き始める。いつもならシシィの躯を思いやってこんなにはしないのに。

それからベッドに移動して、再び抱かれた。それから一体何度したかわからない。

明け方近くに誰かが来て、扉を叩いた。ヴィハーンは初めのうち無視していたけれど、静かになったと思ったらあろうことか勝手に扉が開けられジュールが顔を覗かせたので、ものも言わず手近にあったものを投げつけた。

壁に当たった何かが砕ける暴力的な音にシシィが思わず躯を竦ませると、締まってしまったのだろう。ヴィハーンが低く唸る。

「あーあ、時計が粉々だ。後で弁償させられるぞ」

「出ていけ、ジュール」

「悪いが、そういうわけにはいかない。ヴィハーン、君にはわかっているはずだ。今はそんなことをしている場合じゃないってね。ここまで待ってあげたんだ、充分だろう？　そろそろ仕事に戻ってきてくれ」

ヴィハーンの喉から獰猛《どうもう》な音が発せられた。だが、扉の陰にいるらしいジュールは怯《ひる》まない。

「ここにプラディープ老が控えている。シシィのことは彼に任せればいい。ところでシシィは発情期だったのか？　凄いにおいだぞ」

「シシィのにおいを嗅ぐな！」

もう一つ、可哀想な小物が投げつけられ、破壊された。ヴィハーンは殺気すら放っていたが、責務を放棄するほど無責任にはなれなかったらしい。うっそりと起き上がると簡単に身なりを整え、出ていった。その後の記憶はない。

◇　◇　◇

次に目が覚めた時には陽がすっかり昇っていた。

僅かに身じろいだだけで、シシィは呻《うめ》く。躯のあちこちが痛い。

「シシィさま、お目覚めになられましたか」

ずっとついていてくれたのか、プラディープ老がグラスを差し出してくれる。躯をずり上げ、ベッドヘッドに立てかけてあった枕に乗り上げるようにして何とか躯を起こすと、シシィは受け取ったグラスを一気に干した。柑橘《かんきつ》系の果物を搾ってくれたのか、爽《さわ》やかな香りが鼻に抜ける。

「ありがとうございます」

グラスを返したシシィは上掛けを少し持ち上げてみた。かぴかぴすると思ったら、色んな体液が乾いて大変なことになっている。

「申し訳ありません。清めて差し上げたいのはやまやまだったのですが……」

シシィは摘まんでいた上掛けを離した。

「ヴィハーンが駄目って？」

「そんなことはおっしゃられませんが、シシィさまからまだ、その、発情期のにおいがいたします。他のアルファのにおいがつくような行為は控えた方がよいかと」

「僕、まだ発情期じゃないはずなんですけど……」

「ヴィハーンさまにあてられて発情してしまったのでしょう。お相手のアルファの格が高いと稀《まれ》にそういうことがあるそうです」

「アルファに格とかあるんですか？」

「ええ。うなじの手当てのため、迷宮産の水薬《ポーション》を用意しておきました。治してしまってよろしいですかな？」

シシィはうなじを探り、顔を顰める。肉が剥き出しになっているのか、少し触っただけで神経に直接触れたような激痛が走った。

「……手当てはいいです。ヴィハーンが刻んでくれたつがいの印、ですし。ああでもユージーンに何か言われちゃいますよね……」

プラディープ老が微笑んだ。

「ユージーン殿下もあの場で見ておられたのです。魔物の咬み傷と言い張れば済むでしょう。ところで、ぼっちゃまの噛み痕の外側に明らかに深く大きな歯形があります。恐らく魔物のものだと思われるこちらだけでも治しませんか？」

「それは、ぜひ」

「では、失礼」

プラディープ老がサイドテーブルに置いてあった小さな容器を取り上げたので、シシィは顔を背け襟足の髪を押さえた。

ひんやりとした感触が心地いい。心なしか痛みが緩和したような気がする。

「さあ、これでようございます。湯浴みを終えたら傷を保護するため包帯を巻きましょう。アニクさまのお世話は旦那さまがつきっきりでなさっていらっしゃいますから心配いりません。今はゆっくり躯を休めてください」

「はい」

シシィはシーツで躯を隠しながらベッドの端まで這いずっていくと、慎重に立ち上がった。浴室に移動し、躯を清める。鏡を覗いてみると、シシィの躯は鬱血の痕と噛み痕で凄いことになっていた。

――ヴィハーン、少しは気が済んだかな。

済んでくれているといいと、シシィは祈るような気持ちで思う。でも、もし今夜も同じような勢いで求められたら、シシィは従順に受け入れるだろう。悪いのはシシィだからだ。

魔物にうなじを咬まれた時、ヴィハーンとの絆まで穢された気がした。

「大爪蟹相手に遅れを取ったばかりなのに、懲りずに作戦に参加したのが間違いだったのかなあ」

でも、教養も美貌も後ろ盾もない孤児であるシシィには探索者であること以外ないのだ。いまだヴィハーンを狙っているオメガやご令嬢に負けない強みが。

「いやでも魔物があんなに集《たか》ってこなければ問題なかったと思うし……あ、そういえば、結界掃討戦はどうなったのかな」

流石にまだ終わっていないということはないだろうと思いつつ、シシィは浴室を出た。ヴィハーンが見たら眉を顰めそうだが、湯浴みをしたばかりで暑いしプラディープ老の姿もないので下衣は穿いたものの上半身は薄物に袖を通したままという姿でバルコニーに続く扉を押し開ける。

「あ」

建物のぎりぎり上に赤い月が懸かっていた。

オメガは赤の月の動向に敏感だ。オメガの体調は、五つある月の中で一つだけ満ちる周期が定まっていない赤の月の影響を強く受けるからだ。特に満月には強制的に発情期が引き起こされる。ついこの間、新月を迎えたばかりなのに、赤い魔の月はふっくらとしていた。今回の周期は極端に短いようだ。

「シシィ！」

「……え……？」

名を呼ばれて反射的に視線を走らせたシシィは声の主を発見し、愕然とした。隣のバルコニーにユージーンがいた。

「そなたもここに投宿しておったのか？」

「どうして、ここに……」

「アブーワに来てから我はずっとここで暮らしておる」

そう言うとユージーンは手すりに足を掛け、シシィのいるバルコニーへと飛び移ってきた。

「ちょっ、何しているんですか！」

「酷い有り様であるな」

シシィは己の慎みのなさを呪いつつ薄物の前を掻きあわせた。

「こういったものは見て見ぬふりをするのがマナーです」

「魔物にうなじを咬まれたのは事故、シシィに責はないというのに斯様《かよう》な目に遭わせるとは、アブーワ公爵は狭量にすぎるのではないか？　我ならそのようなことはしない。魔物に傷つけられたそなたを労《いたわ》り、慰めてやる」

「ユージーン殿下……」

「ワーヤーンに来い、シシィ。我は偉大なるワーヤーン帝国の第五皇子だ。ワーヤーンでは皇太子の下で迷宮管理を手伝うておる。そなた、探索者になりたくてアブーワに来たのであろう？　我ならどの迷宮にも潜らせてやれるぞ？　そなたに雑用などやらせぬ」

「あの、僕は別に雑用係なんかじゃないです」

返ってきたのは、わかっていると言わんばかりの生あたたかい笑みだった。どうしてこの人は何でも面倒くさい方に解釈するのだろう。

「もしそなたが我のつがいとなってくれるなら、動かせる限りの魔法兵をアブーワに貸し与えよう。

そなたの弟たちの魔法も見事であったが、我が国の魔法兵の使う攻撃魔法は威力が違うぞ。きっと暴走も速やかに鎮めることができる」

確かにユージーンの部下たちの魔法は強力だった。狭い迷宮内で戦うことに慣れた探索者たちに魔法兵が見せたような、広範囲の敵を一気に殲滅できる技はない。

「そなたがうんと言うだけでアブーワは救われる。公爵も民も喜ぶ。だが逆に、断れば怨嗟《えんさ》の声を浴びせるやもしれぬなあ。シシィ、そなた、ここにいたら厭な思いをするばかりではないのか？」

シシィは唇を噛んだ。貴族たちがひそひそと悪意を垂れ流す様が容易に想像できた。

多分、シシィが魔物にうなじを咬まれてしまったという話はもう彼らの間に広まっている。彼らは、公爵のつがいなら身を呈してもアブーワを守ろうとするのが当然だと言い、傷物のオメガになったシシィをユージーンに押しつけようとすることだろう。

「でも、僕の幸せは、ヴィハーンの傍にしかないんです」

ユージーンが苛立たしげに舌打ちした。

「こんな目に遭わされてもか⁉」

羽織っていた薄物の襟元が鷲摑《わしづか》みにされ、鬱血と噛み痕だらけの膚が晒される。シシィはユージーンの手を振り払った。

「どんな目に遭わされてもです。僕が殿下の許へ行くことはありません」

「そなた、己の欲のためにアブーワを見殺しにする気か？」

痛いところを突かれ、シシィはちょっと口籠った。

そんな言い方は卑怯だ。

「逆に聞きますけれど、どうして僕一人だけがこの街のために犠牲にならなきゃいけないんですか？」

シシィの問いに、ユージーンが虚を突かれたような顔をした。

「それは……」

「僕はアブーワが好きですけど、アブーワにはいい人だけでなく、意地悪な人も大勢います。僕が犠牲になったおかげであの人たちまで安穏と逃げ延びるなんて、腹立たしいです」

シシィはアブーワの民なら誰でも救いたいと思うほど、善人ではないのだ。

「……公爵のつがいが口にしていい台詞《せりふ》ではないな」

「そうでしょうね。でも、ヴィハーンと別れるのだけは絶対に厭だから」

運命のつがいかどうかなんて、当人にしかわからない。シシィを嫌う貴族たちは、ユージーンの言葉を信じるのだろう。それならシシィはヴィハーンが運命だと言い張るだけだ。なぜならシシィはユージーンに運命を感じない。シシィが愛しているのはヴィハーンだし、ヴィハーン以外のアルファに触れられるくらいなら、死んだ方がましだからだ。

これが運命でないのなら、何を運命と言うのだろう。

ユージーンが溜息をつき、掌を広げた。

「されば仕方がない、力尽くで我がものにするまでだ」

場に魔力が漲《みなぎ》ってゆく。何か魔法を使う気だと気づいたシシィはとっさに拳を突き出した。

「……っ」

ユージーンはこれを避けたが、集中を乱すことができたのか、生まれかけていた魔法が消える。

「っ、危ないではないか！」

「そう思うなら、諦めておとなしく部屋に戻ってください！」

ユージーンが再び魔法を使おうとする。昨夜酷使された躯がみしみし言っているが、躊躇《ためら》っている暇はない。シシィはユージーンに飛びかかった。

ユージーンはシシィがどう動くか読んでいた。

腕を掴もうと手が伸ばされる。だが、シシィも読まれていることくらい予想していた。逆に胸ぐらを掴み、ユージーンの躯の下に潜り込むようにして投げ飛ばす。弟たちほどうまくはないが、シシィも体術くらい仕込まれている。ユージーンは華奢なテーブルを巻き込み吹っ飛んだ。

しばらくの間、荒い息遣いだけが聞こえた。

ようやくのろのろと起き上がってきたユージーンが細かく編まれた髪の束を乱暴に後ろへ払う。

「そなた、今、何をしたのかわかっておるのか？　ワーヤーンを敵に回したのだぞ？」

くらりと世界が揺らいだような気がした。

僕はまたヴィハーンに迷惑をかけようとしている……？

シシィの動揺を見たユージーンの顔に笑みが戻る。ユージーンが乱れた襟元をぐっと引っ張って直し、立ち上がったところで——ノックの音がした。

返事をするより早く扉が開き、食べ物の載った盆を捧げ持ったプラディープ老が現れる。荒れ果てた室内を見たプラディープ老は、困ったように眉尻を下げた。

「これはまた……ぼっちゃまに叱っていただかなければいけませんね」

ユージーンの耳がひくりと動いたかと思ったら、弾かれたようにバルコニーへと飛び出した。次の瞬間、部屋の扉が砕け散る。ヴィハーンが飛び込んできたのだ。

「ええ⁉」

まっすぐバルコニーへ向かうヴィハーンの横顔を見たシシィの心臓がぎゅっと縮こまる。殺す気だ。

シシィはとっさにヴィハーンの背中に飛びついた。

「駄目っ、ヴィハーン！」

ヴィハーンは止まらずシシィを引きずりながら前進していったが、バルコニーに出た時には、ユージーンは既に元いた部屋へと飛び移っていた。掃き出し窓の中へ姿が消えるや否や、バルコニーが半透明の青い壁に覆われる。結界が張られたのだ。

ヴィハーンが荒っぽく舌打ちする。だが、どうやら隣の部屋まで襲撃する気はなさそうだ。ほっとしたら腕の力が抜けてしまい、シシィはそのままへたりと座り込んだ。

ヴィハーンが躯を反転させ、シシィと向かいあう。きっと怒られると思ったシシィは身を竦ませたが、ヴィハーンは何も言わない。

――？

見上げると、ヴィハーンは険しい表情で固まってしまっていた。どうしてだろうと、シシィは己の身を見下ろす。袖を通しただけだった薄物が左肩からずり落ち腰に残った手形まで丸見えになっていたけれど、手形も歯形もヴィハーンがつけたもので今更驚くようなものではない。

「ヴィハーン……？」

シシィが首を傾げたのと同時に、ヴィハーンのしっぽがぼんと爆発した。そのまま口も利かず部屋を出ていく。シシィとは口も利きたくないということだろうか。

「あの、ヴィハーンは守護機関の事務所に行ったのだとばかり思っていたんですけど」

プラディープ老が深い溜息をつく。

「一度は行かれたのですが、シシィさまが心配だ、シシィさまの傍を離れたくないと駄々を捏ねられまして。この階にもう一室借り、ジュールさまと執務にいそしんでおられました」

「部屋は余っているんですし、ここを使えばよかったのに」

「そんなことをしたら、シシィさまが気になって仕事になるわけがありません」

……何で仕事にならないんだろう？

「僕がいると、ヴィハーンを不快にさせてしまいますか……？」

プラディープ老がなぜか噎せた。

「そういうことではございません。……罪悪感で死にそうな気分になることはあるかもしれませんが」

「ざいあくかん……？」

ベッドに座ったシシィの前に、プラディープ老が膝を突く。

「シシィさま。獣人のアルファの独占欲の強さをご存じですか？」

「僕、アブーワに来るまでつがいを持つ獣人の知り合いはいなかったんです」

「では、覚えておいてください。獣人のアルファはつがいへの執着がとても強いということを。つがいが余所見をすることも、他のアルファがつがいにちょっかいを出すことも許しません。特にぼっちゃまはシシィさまをこの上なく大切に思われていたせいでしょうか、己を抑えられなくなっているようです」

一瞬思考が停止した。

「ヴィハーンが？」

あんなに自制心が強い人なのに？

「シシィさま、よく考えてください。自制心があるアルファがこんな痕を残しますか？」

「確かに昨夜はちょっとびっくりしましたけど……」

「さっきも、決してシシィさまに思うところがあったわけではないのだと思います。頭に血が上りすぎると口も利けなくなってしまうことがあるでしょう？　心にもない言葉を言ってしまうことも。多分、ぼっちゃまはそういう状態にあったのでしょう。もう少ししたらきっとぼっちゃまも落ち着かれるでしょうから、それまでどうか、ぼっちゃまに愛想を尽かさず待っていてくださると嬉しいです」

シシィは卵色の髪の先が跳ねるほどの勢いで首を横に振った。

「僕がヴィハーンに愛想を尽かすなんてことがあるわけないです。僕こそ……全然ヴィハーンにふさわしいオメガじゃないのに……」

プラディープ老の目元に慈愛に満ちた皺が刻まれる。

「何をおっしゃいます。シシィさまほどぼっちゃまにお似合いのオメガはいらっしゃいません。いささかシャイで何を考えておられるかわかりにくいお方ですが、シシィさま、どうかぼっちゃまのことを末永くお願いいたします」

お似合い？　ヴィハーンをあんなに荒ぶらせてしまったのは僕なのに？　僕がいなければユージーン殿下はあんな変なことを言いだしたりせず、普通に取引に応じてくれたかもしれないのに？

——僕はヴィハーンの足を引っ張ってばっかりだ。

急に涙が込み上げてきて、シシィはプラディープ老から顔を逸らした。

いきなりそっぽを向くなんて感じが悪い。何か言わなければと思うけれど、まともに喋れそうにない。

シシィがどういう状況にあるか察したらしく、プラディープ老はさてと立ち上がると、シシィに背を向けテーブルの上の盆を取った。

「とりあえず、部屋を変えてもらい、移動してから首の傷の包帯を巻きましょう。軽い食事を用意しましたが、食欲の方はいかがですかな？」

壊れたテーブルが転がり、破壊された扉からすうすうと風が通る部屋の中を見回しつつ、シシィは腹を押さえる。

「ぺこぺこです」

プラディープ老が破顔した。

「食欲があるようなら大丈夫。きっとすぐに元気を取り戻されますよ」


特別室は品切れらしい。新しく借りた部屋は格段に狭かった。

うなじに包帯を巻いてもらい、簡単な食事を済ませたシシィは再びベッドに潜り込む。立て続けに色んなことがあったせいで、躯も頭も休息を欲していたのだ。

次に目覚めたのは昼過ぎだった。

「ししー！」

「……ん、シュリア……？　ドゥルーブも、どうしたの……？」

横になっているベッドがゆさゆさ揺れる。我先によじ登ってくる弟たちのせいだ。

「どーしたのじゃねーよ。ししーのぶじをたしかめにきたんだ」

「ししー、まものにたべられたとこ、だいじょぶー？」

耳を後ろに倒しドゥルーブがぐりぐり擦りつけてきた頭をシシィは優しく撫でる。

「大丈夫だよ。いいお薬塗ってもらったから、もう痛くないし」

「それはよかった」

いきなり交じった大人の声に顔を上げると、シシィは勿忘草色の目を輝かせた。

「ルドラさん、アニク！」

えぐえぐとぐずるアニクをスリングに入れて抱いたルドラが部屋の入り口にいる。

「前回預かった時はずっといい子にしていてくれたんですけど、今回は皆が出陣した後すぐご機嫌斜めになってしまって」

「そうだったんですか、すみません。どうしたの、アニク。おとうさんもおかあさんもいなくて淋しくなっちゃった？」

シシィが起き上がりルドラから受け取ろうと手を伸ばすと、アニクもちっちゃな手を広げた。シシィの胸にぺったりと張りつくと剝がれなくなってしまう。何だか申し訳ないような気分になってしまい、シシィは小さな溜息をついた。最近の僕はちっともいいおかあさんじゃない……。

「ししー、ししー、きのーね、おむね、こんなおっきいまもの、やっつけたんらよ」

ベッドの上に膝立ちになったオムが両手をいっぱいに広げる。シシィはアニクの背中をぽんぽん叩きながら相槌《あいづち》を打った。

「そうなんだ。僕も見たかったな」

「おむがたおしたまもの、おむがもらえるっておやくそくらったれしょ？　でもね、おむ、もらえなかった」

「えっ、どうして？」

ドゥルーブが説明する。

「あのねー、そこらじゅーたおしたえものでいっぱいになっちゃってねー、あぶないからどぅるーぶたちがまほーぐにおかたづけしたのー。そしたら、どれがだれのか、わかんなくなっちゃってー、みんな、いっぱいたおしたってうそつきだしたから、きんとーわりにへんこーだって」

「あ、そういうことか。大規模戦闘なんて初めてだから、そんなことまで予想できなかったんだろうなあ……」

しかし、稼ごうと張り切って魔物を倒した探索者たちにとって、この変更は酷い。

「怪我した人はいた？」

「ん。じゅーじんのおじさんが、あしかじられちゃってた」

「死んだ、人は？」

少し緊張して聞くと、そこまでは把握していなかったのだろう。弟たちはきょとんと顔を見合わせた。ルドラが安心させるように微笑む。

「いません。ジュールがふんだんに水薬を用意しておいてくれましたからね」

「そうだったんですか。でも、ワーヤーンの魔法の力も大きかったですよね」

最初に数を削れなければこれだけ軽微な損害では済まなかっただろう。冷静に事実を指摘したシシィに、ルドラの表情が苦々しくなる。

「まあ、そうですね。今、シシィを差し出さずに魔法兵を借り受けられないかと、父上が宝物庫を漁っています。兄上もいい方法を考えてくれているはずです」

大迷宮を擁するアブーワ宝物庫には他では手に入らない価値ある品々が眠っている。とはいえ今朝のやりとりの後である。ちょっとやそっとではユージーンは靡《なび》かないだろう。

「うーん」

「まあ、その辺のことは僕たちに任せて、今日は体力の回復に努めてください。昨日は大変だったんでしょう？」

にっこりと微笑まれて、シシィは固まった。この義弟は何を指して言っているんだろう……！

「たいへん？」

弟たちの無垢《むく》な眼差しに、シシィは顔を引き攣らせる。

「ええっとほら、僕、魔物にうなじを咬まれちゃったでしょう？　ヴィハーン、それがすっごく厭だったみたいで、昨日は臭いって、何度もうなじを洗われちゃって」

思い出したらまた涙ぐみそうになってしまい、シシィは唇を噛みしめた。オムがそおっと手を伸ばして頭を撫でてくれ、シュリアが怒った顔をする。ヴィハーンに対して怒っているのかとシシィは思ったのだけれど、違った。

「それ、ししーのせいじゃねーぞ」

「え？」

「いちばんめのまものががおーってゆったとき、どんってしたひと、いたろ？」

「そういえば……うん」

「そのひとがいったあとー、おやすみするまえのあーしゃのにおいがねー、ししーからぷーんって」

ざわりと、膚が粟立《あわだ》った。

アーシャはオメガだ。オメガなので当然定期的に発情期が訪れ、仕事を休むことになる。弟たちは、シシィから発情期のオメガのにおいがしたと言っているのだ。

「だからあの人、変なことを言ってたんだ……！」

既にヴィハーンとつがっているシシィのにおいは他のアルファに影響しない。魔物から助けてくれようとした探索者が近づくのを躊躇ったということは、シシィはまだつがいのいないオメガの発情期のにおいをつけられたのだ。

ルドラのしっぽが震える。

「それが本当だとしたら悪質です。発情期のオメガのにおいは魔物を惹き寄せる。下手をしたらシシィは死んでいたかもしれない」

弟たちもぷんすこ怒り始めた。

「あいつ。ぜったいとっつかまえてやる！」

「どぅるーぶねー、どんってしたひとのにおい、おぼえてるよー」

「あっ、こら、待って！　勝手に行かない！」

ベッドから次々と飛び降りてゆく弟たちの後を慌てて追いかけようとして、ルドラが足を止めた。

「そうだ、シシィ、これ」

渡されたのは、昨日、シシィが戦いの最中に破壊されてしまったのとそっくりの腕輪だ。

「ガリがまた必要だろうと、屋敷まで持ってきてくれましたよ」

「わざわざありがとうございます。ガリさんはまだ避難していなかったんですね」

「ランカーたちの武具に何かあったら満足に魔物退治できないだろうって言って、最後まで残るつもりのようです。それでは、お大事に。——ほら、待って！　ここに来る前に約束したよね？　勝手に行かないって！」

ルドラと弟たちが行ってしまうと、シシィはまた、ぽふんと上半身を倒し、仰向けになった。胸の上にアニクを乗せたまま、受け取ったばかりの腕輪をしげしげと眺める。

「——そうだ」

シシィは勢いをつけて起き上がると、アニクをベッドに置いた。寝間着を脱ぎ、身支度を始める。

「シシィさま？　何をなさっておられるのですか？」

プラディープ老が狼狽え傍に寄ってくるが、シシィににおいをつけてしまうのを恐れているのだろう。触れようとはしない。

「ガリの店に行ってきます」

「賛成いたしかねます」

「どうしてですか？」

「まだ躯が痛むのでしょう？」

シシィは少し顔を赤くした。確かにまだ、躯のあちこちがぎしぎし言っている。

「でも、今はヴィハーンもお義父さまも忙しいんですよね？　それならこれくらい、僕がやらなくちゃ」

「何をしようというのですかな？」

プラディープ老が困ったように眉尻を下げる。シシィはやわらかな声で説明し始めた。

「後で、ヴィハーンに報告しておいて欲しいんですけど……」

◆　◆　◆

俺は、何てことをしてしまったのだろう。

シシィの部屋から逃げ戻ったヴィハーンは頭を抱えたい気分に陥っていた。

シャツの下に見えたシシィの躯は酷い有り様だった。うなじを咬まれたのはシシィの責任ではないのに、ヴィハーンが何時間もあの頑丈とはとても言えない躰を苛んだせいだ。

「――――くそ」

「ヴィハーン！　いい加減にしないか！」

外套を投げつけられ、大きなデスクの前に座っていたヴィハーンはうっそりと顔を上げる。食事を運んできたらしい宿の従業員が部屋の入り口でへたり込んでいた。

「威圧するのをやめろ」

忙しさになりふりかまっていられなくなったのだろう。美しい金髪を後ろで一つに結い上げペンを挿して留めたジュールが立ち上がる。うるさいと思いつつも殺気を引っ込めると、従業員は急いで床に散らばった食事を片づけ、去っていった。

「一体どうしたっていうんだ？　シシィのうなじが咬まれたんだ、つがいとしては穏やかでいられないのはわかるけど、相手かまわず威嚇《いかく》するのは違うだろう。君ほどのアルファに凄まれたらオメガはおろか、ベータやアルファだって使い物にならなくなってしまうんだぞ」

腰に手を当てたジュールに見下ろされ、ヴィハーンは闇夜のような髪を両手で掻き回した。

「――わかっている」

わかっていても、喉の奥から絶え間なく湧き出てくるぐるぐるという唸り声が止められない。五感のすべてでシシィのいる部屋の方を探ってしまう。自分で自分がどうにもならない。

ジュールが持っていた書類を置き、ヴィハーンの机に寄りかかる。

「君が己を御せなくなる日が来るとはな」

「シシィと出会ってからままならないことばかりだ」

本当は見た目よりずっと若い領主が吐いた弱音に、ジュールは小さく微笑んだ。

「端からは順風満帆《じゅんぷうまんぱん》に見えるが」

「もし胸を開いて心の中を見ることができたら、きっと驚くぞ。俺のあまりの自分勝手さに」

小鳥を飼うように、シシィを鍵のかかる鳥籠に閉じ込めることができたらとよく思う。そうすればシシィは誰にも傷つけられずに済む。魔物と戦う必要もない。こうやって目を離している隙にユージーンのようなアルファに掠め取られるのではないかと心配しなくてもいい。

だが、シシィがそんな生き方を望むはずがなかった。シシィは底意地の悪い貴族たちにも己の力で対処したいと言うほど気骨がある。探索者になるのが幼い頃からの夢で、アニクの出産ですっかり躯が弱ってしまっても迷宮に行くため一人でこっそり鍛錬していた。シシィはただ愛《め》でて子を産ませればいいようなオメガではないのだ。

「どうも君はアルファの本能が強いようだな」

それはヴィハーンも感じていた。

シシィがシシィ以外のオメガのにおいを纏っているのが我慢ならなかったし、魔物の咬み痕を見たら自分の印を刻まずにはいられなかった。このオメガは自分のものなのだと全身で確かめずにはいられず、だが何度貪っても何だか不安で、昂《たか》ぶった神経はいまだ治まる気配さえない。

「ユージーンを絞め殺したら落ち着く気がする」

「やめてくれ。面倒事は暴走だけで充分だ。君が傾注すべきは次に打つ手を考えることだ」

ヴィハーンが目の前に広げられた書類へと視線を落とす。やるべきことは山ほどあった。王都への報告、討伐報酬算定方法の改善、着実に魔物を制圧できる方法を探し出すこと。

「魔法を使える者に交代で魔力を注ぎ込ませているが、結界がそろそろまずい」

「わかっている」

前回は計画通りにいかず魔物が次々に放たれたせいで街に被害が出た。次はもっと激しい戦いになる。どうにかして魔物の動きを制御したい。街が破壊されれば、たとえ暴走が終結したとしても、復興に苦労することになる。

それから、ワーヤーンの魔法兵をどう借り受けるかについても策を練らねばならない。

「ぼっちゃま、失礼いたします」

控えめなノックの音がして、プラディープ老が静かに部屋に入ってきた。

「どうしたんだい？　シシィにまた何か？」

「不吉なことを言うな」

ヴィハーンに睨まれ、ジュールが肩を竦める。

「シシィさまはガリさまの店へ出掛けられました」

ヴィハーンは椅子を鳴らし立ち上がった。

「何のために……っ」

プラディープ老が困った子を見るような目をする。

「シシィさまはワーヤーンと取引するのに、収納の魔法具を使えるのではないかと考えられたようです」

「ほう。面白いな」

ジュールが机の端に尻を引っ掛け、長い足を組むようにする。

「ですが、ある程度数がなければ話になりません。シシィさまは、ガリさまの口利きでアブーワに七色天道の鞘翅の在庫がどれだけあるか確認し、空間魔法の使い手たちの寮にも案内してもらうつもりだとおっしゃっておいででした」

「わざわざ出向かなくとも、担当役人を呼んで聞けばいいのでは？」

ジュールの質問に、プラディープ老は目尻の皺を深くする。

「もう避難してしまっており、アブーワにはおりません。それにいい機会です。シシィさまは以前から魔法具に興味を示されていたのですが、このような些事でシシィさまを煩わせるのは申し訳ないと、担当役人であるジョーグ男爵は何も教えてくださらなかったとか」

ただでさえ悪い目つきがますます凶悪さを増したのが自分でもわかった。

「男爵ももうアブーワから逃げ出しております。シシィさま自身が動かれるのは、自然なことでございましょう。もしかしたら、魔法具を掻き集める過程でシシィさまは何か男爵の隠し事を見つけてしまわれるかもしれません」

「シシィを遠ざけたのには理由があると?」

「資料に目を通すうちにシシィさまはそういう疑いを持つようになられたようですな」

「……ヴィハーン」

意地の悪い笑みを浮かべてジュールが振り向く。ヴィハーンは重々しく頷いた。

「関連する資料をすべてシシィに届けてやれ」

「かしこまりました」

ヴィハーンが立ち上がり、窓辺に寄る。乾燥地帯にあるアブーワの空は今日も晴れ渡っていた。

建物の向こうに見える半透明の青い立方体も陽光を反射し、青く美しく煌《きら》めいている。

♪　♪　♪

お客さまが来た、という知らせに、ロニーたちは大急ぎで階段を駆け下りた。ロニーは空間魔法が使える魔法使いだ。二ヶ月前、この街に来た時からこの寮に住んでいる。

この寮の一階には魔法具を作るための工房や領主さまが派遣してくれている護衛の詰め所、食堂などがある。二階がロニーたちの寝室だけど空き部屋が多い。空間魔法が使える魔法使いはとても少ないからだ。防犯上の理由で家族とは別生活になってしまったけれど、ここでの暮らしにロニーは概ね満足している。……本当はもう少しお給金を貰えると、もっといいけど。

暴走が発生して、アブーワは今、存亡の危機にあるらしい。街では避難が進んでいるし、いつまでここにいていいのかなって思うけれど、男爵さまから何の指示も来ないからロニーたちは寮を出られない。護衛もいるし、色々と対策されているから大丈夫ということなのだろうか。

玄関ホールに入ると、時々魔法を付与するための装飾品を納品に来るドワーフがいた。赤子を抱いたやわらかな雰囲気の青年を連れている。

「こんにちは」

「……こんにちは」

挨拶して、近づいて。青年がシシィさまだと気づいたロニーはそわそわしてしまった。孤児で、アブーワに来るなり探索者デビューをし、いきなり領主さまと新迷宮ガルーを攻略してのけたシシィさまはロニーたち一般庶民にとって夢のような存在なのだ。

隣国の姫さまを娶《めと》れば、何かとアブーワを搾取《さくしゅ》しようとする王都への牽制になってよかったのに、領主さまは馬鹿だと言う人もいるけれど、利なんかのためでなく愛で結びついた二人を素敵だとロニーは思う。何度か見たことのある領主さまは凄く大きくて黒くて怖かったけれど。もしロニーが求愛されたら裸足で逃げ出しちゃうだろうけれど。

「暴走の対処に必要になるかもしれないから、収納の魔法具がたくさん欲しいんです。いくつあるかわかりますか？　街の道具屋さんとか、在庫がありそうな場所も教えてください。人をやって回収させます」

はい、とロニーは事務室に書類を取りに行った。いつもは男爵の部下だという人がいるのだけどこの数日、寮に顔を出さなくなってしまったので代わりにロニーが管理していたのだ。

足を運んだついでに、棚に並べてある完成品の数を確かめる。書類の数字と合致していたことに満足して戻ると、物腰の丁寧な獣人の老人が増えていた。急いでやってきたのか、息が切れている。

「お待たせいたしました。数さえ確保できれば、ぼっちゃまはシシィさまの案でいかれるとのことです」

「いくつあればいいか、言っていましたか？」

「ワーヤーンとの取引用に、まずは五十。まだ用意できるようなら、探索者にも配布したいとおっしゃっていました。自分用の魔法具があれば、自分で狩った獲物を自分で持っていることができ、後で配分に悩む必要がなくなります」

「探索者一人に一つずつ配布するとして……今、アブーワに残っている探索者は百名ほどだから……」

ぽんぽんと進む話を聞いていたロニーは思わず声を上げる。

「今、アブーワにはそれだけしか探索者がいないんですか？」

深層の魔物はとても強く、ランカーでもパーティー全員で挑んでようやく一匹倒せるくらいだという。百人ということは、パーティーにしてみたら、一体いくつになるのだろう。

「戦いたいって探索者はもっといたんだけど、本当に強い人以外は避難してもらったんです。暴走で出てきている魔物は上層のも多いけど、うっかり深層のに当たって死んじゃったら可哀想でしょう？」

死という言葉を耳にした途端、頭の中がぐるぐるしてきた。躯全体が脈打っているみたいで、頭が全然働かない。

アブーワは大丈夫なんだろうか。

「それで、数はわかりましたか？」

シシィさまの質問に我に返ったロニーは泣きそうになった。

「どうしよう、道具屋に納品する予定の分を全部回しても、二十五個しかありません」

ワーヤーンというところとの取引に魔法具は必要らしい。足りないせいで取引が御破算になったらと思ったら、心臓がきゅっと縮こまる。

ロニーが不安のあまり涙ぐんでいるというのに、シシィさまはのんびりと赤子を揺すった。

「あ、じゃあ作っちゃいましょう」

ああこれは駄目だ、シシィさまはわかっていないんだとロニーは思う。空間魔法は他の魔法とは違う。まず使い手が少ない。大量に魔力を使うから、たくさん作ることもできない。

「あのっ、作ろうにも空間魔法の使い手は六人しかいないんですっ。みんな、頑張っても一日に一個しか作れなくて……っ」

取り乱すロニーの肩を、シシィさまは赤子を抱いていない方の手で摩《さす》ってくれた。う？　と赤子が頭を仰け反らせロニーを見つめる。

「ほら、アニクも泣かないでって。心配しなくても大丈夫だから」

全然大丈夫じゃない。

アブーワという街がロニーは好きだった。

まず、大迷宮がある。『迷宮都市の覇者』という二つ名を持つ公子さまもいる。それだけでまるでお伽噺《とぎばなし》だ。

探索者と直接会うことは滅多にないけれど、たまにそういった機会があると、彼らは例外なく眩しいものでも見るような目をロニーたちに向け、ありがとうと言ってくれた。ロニーたちの作る魔法具がなければ大迷宮の深層になどとても行けない、自分たちが存分に力を発揮できるのは、君たちのおかげだと。

ロニーたちはこの街で確かに役に立っているのだ。

ロニーは幸い、親がこの街まで連れてきてくれたけれど、仲間の中には悪い人に捕まって、持っているだけで罪に問われるような薬や武器を運ばされていた子や、商人の馬車に閉じ込められて一年中旅をさせられていた子もいた。ここで暮らしだして二ヶ月のロニーが代表みたいな顔をしてシシィさまと話しているのはそのせいだ。皆、つらい経験をしたせいで人と話すのが怖くなってしまったのだ。

アブーワはロニーたちにとって唯一安全に暮らせる街だった。そんな場所がロニーたちの力不足のせいでどうにかなってしまったらと思ったら、落ち着いてなんかいられない。

でも、シシィさまの笑顔にはやっぱり緊迫感の欠片《かけら》もなかった。

「本当に大丈夫だから。みんなが協力してくれれば間に合うって、僕が保証するから、落ち着いて」

……僕はこの人を信じていいんだろうか？

◇　◇　◇

その二日後。シシィは窓ガラス越しに門前広場の中央に聳《そび》える青い立方体を見つめていた。もう結界は青く見えなかった。内部にぎっちり詰まった魔物が透けて見えるせいだ。

内部が三分の二ほど埋まったところで魔物の湧出は一度止まった。積み重なった魔物で迷宮の入り口が塞がれてしまったからだ。だが、昨日から、再び魔物が溢出している。今は昼だから見えないが、赤の月が満ちて魔物が活性化してしまったのだ。

間が悪いなあ……。

ぼーっとした頭でそんなことを考えていると、オムが安楽椅子に座るシシィの膝に上ってきた。

「ししー、らいじょぶ?」

「ん。ちょっと眠いけど、大丈夫だよ。オムたちは?　具合の悪い子、いない?」

「らいじょぶ!」

胸元に小さな頭が擦り寄せられる。ぺたりと耳が寝ているのは、撫でての合図だ。シシィは小さく微笑むと、甘える幼な子の頭を撫でた。

再び結界を開けると聞いて、シシィは門前広場に面した建物の一室にやってきていた。守護機関が所有するこの建物は堅牢だ。その二階に、シシィは窓や扉をぴったりと閉めて立て籠もっている。シシィのにおいが外に漏れたら、ヴィハーンが正気を保てなくなってしまうからだ。

建物の中にいるのは弟たちと、魔法具を届けにきたロニー、それからプラディープ老だけだ。

「魔法兵を借り受けるという話は、どうなったんでしょう」

シシィは茶を淹《い》れているプラディープ老に聞いてみる。

「申し訳ありません。ぼっちゃまとはこのところ会えずにおりまして」

手を止め眉尻を下げる老人に、シシィはようやく思い出した。

「そうですよね、僕が独占しちゃってましたもんね」

どうも頭が働かない。ちょっと考えれば、魔法具の確保とパイ焼きでてんてこまいのシシィの補佐をしてくれていたこの老人に、そんな暇がなかったことなど明白なのに。

門前広場には三々五々探索者たちが集まってきていたが、魔法兵らしい姿はない。

今いないということは、きっと駄目だったのだろう。

今日は再び結界を開く。勝てる目処がついたわけではない。単純にもう結界が保たないのだ。

結界が一気に消え去り、魔物たちが四方八方に雪崩を打って溢れ出すよりは、前回と同じように探索者たちが待ち構えている一方向にだけ穴を開けて放出した方が対処しやすい。

門の前にはヴィハーンとジュールがいて、探索者たちと話をしている。

ユージーンの襲撃からこの二日、シシィはヴィハーンと会っていなかった。

——会いたいなあ。

こんな遠くからではなく、においがわかるほど近くで。

本当は会うだけではなくて、触れられたい。ああでももしかしたら、ヴィハーンはもう僕になんか触れたくもないかもしれない。プラディープ老はそんなことないと言ってくれたけれど、本当のところなんて、会ってみないとわからない……。

ぐるぐる考え込んでいると、窓に張りついていたシュリアとドゥルーブが子供特有の、高くよく通る声を上げた。

「ねー、あれー、ゆーじーんじゃないー？」

「ほんとーだっ！　ししー、みろよあそこっ、おーじがいるっ」

シシィは重い躯を安楽椅子から引き剝がし、窓辺に立った。魔法兵が来てくれたのかと思ったのだ。だが、たむろする探索者たちの間を歩くユージーンが連れる顔触れは、以前と変わりなかった。

ヴィハーンが近づいてくるユージーンの姿に気がつき、手負いの獣のように毛を逆立てる。

「何をしに来た」

ユージーンは小馬鹿にしたような笑みを浮かべた。

「何、結界を解くと聞いてな。我らの助力なしでどこまでやれるか見物に来たのよ」

探索者たちに動揺が走る。

「何だよ、今回は魔法の加勢はねーのかよ」

「オメガの一人くらい、くれてやればいいのに」

身勝手な声が聞こえてきた方向へヴィハーンが顔を向けた。声の主なのだろう、大盾《パヴィース》を背負った厳つい男の喉がひゅっと鳴る。

「が……っ、あ……っ？」

男は脅《おび》えたように後退り、膝を突いた。うなじを咬まれた時に繰り広げられたのと同じ光景に、シシィは目を瞠る。

何、あれ。アルファってああいうことができるものなの……？

ユージーンがせせら笑う。

「相変わらずつがいのこととなると抑えが効かぬと見える。馬鹿な奴だ。シシィを渡しさえすればアブーワを救えたのに」

「馬鹿はおまえだ、ユージーン」

ヴィハーンもユージーンへと向き直った。

「俺のシシィにちょっかいを出した報いを受けてもらうぞ」

「何だ、我がワーヤーン帝国と事を構える気か？」

ヴィハーンが口端を上げる。

「ユージーン。おまえ、最近母国と連絡を取ったか？」

奇妙な質問だ。ユージーンもそう思ったのだろう、固まったところで涼やかな声が聞こえてきた。

「取っておったらこんなところに足を運んで恥の上塗りはしまいよ」

「兄上……？」

集ったランカーたちに隠れ見えなかった、港へと抜ける通りに、真っ白な装束を身に纏った男がいるのを見たユージーンが顔色を失う。

「なぜ、ここに」

「アブーワ公爵から、ワーヤーン帝国の第五皇子がつがいにちょっかいを出してきて困るという抗議を受けてな」

男は整然と並ぶ魔法兵を従えていた。門前広場に入ると、膝を折り頭《こうべ》を垂らす独特の作法で礼を取る。

「ワーヤーン帝国皇太子のザカライアと申す。偉大なるワーヤーン皇帝に代わって、ユージーンの非礼を深くお詫《わ》び申し上げる。既につがいのいるオメガを我がものにしようとするなど、本能を無視した暴挙である。弟はワーヤーンに連れ帰り、相応の罰をくだす。弟がアブーワ公爵のつがいを煩わせることは二度とないと、ワーヤーン皇帝の名において約束しよう」

ヴィハーンが頷くと、ザカライアは更に言葉を連ねた。

「さて、アブーワでは大迷宮ですたんぴーどという現象が起こっていると聞き及ぶ。ワーヤーンもまだ若いとはいえ迷宮を擁する地、ワーヤーン皇帝はこの変事の行く末に多大な関心を抱いており、もし傍で見守ることをお許しいただけるなら、我が連れてきた魔法兵の精鋭五十名を好きに使ってかまわぬと仰《おお》せである」

シシィは息を呑む。身を乗り出したせいで額がガラスにこつりとぶつかった。

「貴重な戦力の貸与、痛み入る。アブーワ公爵家ではワーヤーン帝国の申し出に感謝し、金貨百枚と魔法兵の人数分の魔法具を進呈する」

そうか。ヴィハーンは取引をユージーンではなく、ワーヤーン本国に持ちかけたのだ。

小声で快哉《かいさい》を叫ぶシシィとは反対に、ロニーは青くなった。

「あ……あっ、どうしましょう。僕たち、魔法具を三十七個しか用意できてません……！」

年若いせいもあるのだろう。どうもこのロニーは涙腺が弱いらしく、今も涙ぐんでいる。シシィは熱っぽい腕を薄っぺらな躯に回してやった。

「大丈夫です。オム、持ってきた箱の中身をこの人に渡してあげて」

「んっ」

オムが椅子の下に置いてあった箱を引っ張り出して、蓋を開ける。中にはたくさんの魔法具が並んでいた。ほとんどは首から提げる守り袋に七色天道の鞘翅の欠片が入っているだけという簡易版だが、指輪や腕輪といったきちんとした装飾品の形をしているものも十三ある。

「これは一体……」

「探索者用のはこの戦いの間だけ使えればいいでしょう？」

「あ……っ！」

「それならほんのちょっとだけ魔力を込めれば足ります。君たちが作ってくれたのとは違って、これは三日から一週間で駄目になっちゃうと思いますけど」

恐る恐る手を伸ばしてちゃんと魔法が定着しているか確かめたロニーが目を上げる。

「ええっと、もしかしてこれ、シシィさまが作ったんですか……？」

シシィはロニーの耳元に口を寄せた。

「内緒ですよ……？」

「えええええ⁉」

なぜか真っ赤になったロニーに、シシィは一つ一つ個別の小箱に収められた魔法具を示す。

「こっちのちゃんとしたのは、記録と生産数が合っていなかったから男爵の屋敷と、懇意にしている商人や道具屋の倉庫を捜索して見つけました。男爵、魔法具を勝手に横流ししていたみたい」

「えっ、それって、不正……？」

「そう。気づくまで時間がかかってごめんなさい。男爵は君たちのために使うべきお金も使い込んでいたから、今の役目から解任します。避難先から戻ったら即、捕縛されることになってるから、もし寮に現れたりしたら知らせてください」

「はい。でもあの、男爵がいなくなったら、どなたがこの寮を見てくれるんですか？」

シシィはロニーから離れ、安楽椅子にぽすんと腰を下ろした。

「多分、僕。……厭？」

ロニーが激しく首を横に振る。シシィはにっこりと笑った。

「よかった。じゃあシュリア、ドゥルーブ、オム、この魔法具をヴィハーンに届けてくれる？」

「ん……！」

大きな箱を頭の上に乗せたシュリアを先頭に、三人の弟たちが部屋を出ていく。幼な子に預けるには高価すぎる品だが、ヴィハーンは目と鼻の先にいる。問題なく届けることができるだろう。

――これで僕も少しはヴィハーンの助けになれたかな。

「ロニーにはちょっとだけ僕のために仕事をして欲しいんですけど、いいですか？」

ロニーが了解すると、シシィは続いてプラディープ老を見上げた。

「じゃあプラディープ老もそろそろ行ってください。砂漠へはこの人に送ってもらいます」

老人は溜息をつくと、渋々とではあるが従ってくれた。

「かしこまりました。……気をつけてくださいね、シシィさま」

二人きりになると、ロニーがぎこちなく尋ねる。

「あの、仕事っていうのは、何をすれば……」

「実はこの建物の裏口に馬車が用意してあるんです。これからその馬車に乗ってアブーワの東門に抜けたいんですけど、においが漏れたらヴィハーンが戦いを放り出して追いかけてきてしまうかもしれないでしょう？」

「ああ……」

赤い魔の月が満ち、シシィは発情期に入っていた。ヴィハーン以外には作用しないが、周囲には濃厚なにおいが漂っている。

「ロニー、空間魔法で僕の周りだけにおいを遮断できますか？」

それなら自信があったのだろう。ほっとしたような顔をすると、ロニーは勢い込んで頷いた。

魔法を掛けてもらい、馬車に乗る。

街は人気がなく、静かだ。

魔法に集中してもらうため、シシィが手綱《たづな》を取った。出発しようとしたまさにその時、おつかいを終えたシュリアとオムとドゥルーブの三人組がぱたぱたと駆けてくる。

「ししー！」

「これねー、じいがー、ししーにわたしてってー」

差し出されたのは魔法具を入れて渡した箱だった。どうしたんだろうと中を覗き、シシィはすぐばたんと蓋を閉める。

中に入っていたのは、ヴィハーンのシャツだった。

「ぬぎたて、ほやほや」

「これで、ししー、すこしはらくになる？」

つがいのにおいの残る服は発情期のつらさを軽減してくれると、以前ヴィハーンが言っていた。

つまり、シシィのためにヴィハーンがあの場で外套を脱ぎ、装備を外して、わざわざ濃いにおいが染み着いているあろうシャツを脱いでくれたということなのだろうか？

じゃあプラディープ老の言う通り、ヴィハーンは僕を怒っていなかった……？

鬱々としていた心が晴れ渡る。シシィは弟たちの頭を撫でてくしゃくしゃにした。

「ありがとう……！　本当にありがとう……！」

「おむ、いいこ？」

「ん、凄く凄く凄くいい子！」

「くふん！」

別れを惜しむのもそこそこに、馬車を走らせる。御者台に座っていると、乾いた風を真っ向から受けることができて心地いい。

「あの、今日はアニクさまを連れておられないんですね」

「王都に避難させたんです。義父や義姪と一緒に」

これでヴィハーンやシシィにもしものことがあっても、アブーワ公爵家は安泰だ。

「シシィさまは？　オメガなんですよね？　発情期なのに避難しなくていいんですか？」

おそらくアブーワに今いるオメガはシシィ一人だ。魔物が発情期のオメガに惹き寄せられることを知らない者は、アブーワにはいない。

「逆です。発情期だからいるんです。ほら、前回、結界内の掃除をした時、門前広場の周りの建物がいくつか壊されてしまったでしょう？　あれは、てんでバラバラに逃げようとする魔物を抑えきれなかったせいなんです。今回は前よりもっとたくさんの魔物が出てくるし、あっちこっち行かれたら大変なことになっちゃいます。でも、僕がいれば魔物は僕のところへ来るでしょう？」

ロニーの表情が凍りついた。

「囮《おとり》になるってことですか……？」

「東門へ抜ける大通りは、まだ収納の魔法具がなかった頃に造られたから大型の魔物を運び出せるよう幅広だし、門前広場から砂漠までまっすぐ延びてます。僕が東門の外にいれば、探索者は僕目指してくる魔物を左右から挟撃《きょうげき》できます」

「そうかもしれないけど、シシィさまは公爵のつがいなんです、そんな、自分の身を犠牲にするようなことをしなくても……」

シシィは笑った。

「犠牲になんかなりません。魔物は全部、僕のところに来る前に斃《たお》されます」

ワーヤーンの魔法兵五十名がいる。シシィの弟たちも、名のあるランカーたちも、何よりヴィハーンが戦う。どんな魔物だってシシィの許に辿り着けるわけがない。

いつもなら衛兵がいる東門は開け放たれていた。

砂漠に出てすぐのところに馬車を停めると、シシィは毛布と箱を抱え馬車から飛び降りる。

「ありがとう。もう魔法を切って戻ってかまいません。多分大丈夫だと思うけれど、不安なら寮の皆と避難してください」

「でも、シシィさまを一人にするわけには……」

「大丈夫です。誰もいないし、僕はこれから寝転がっているだけですし」

周囲を見渡すと、シシィは見晴らしがよさそうな大岩によじ登った。毛布を敷いてごろんと寝ころぶ。皆の手前、全力で涼しい顔をしていたけれど、実のところ、もう限界だった。

発情期に入っている上、大量の魔法具を作り、魔力が枯渇しているせいで、頭がぼーっとする。

昼間だから夜ほど赤の月の影響はないはずなのに、躯が熱い。

いつもヴィハーンがいてくれたから知らなかった。一人でしのがなければならない発情期がどんななのか。

じっとしていても汗が伝い落ちる。ヴィハーンがいないのに躯の芯がぬかるみ、服まで汚してしまいそうだ。何より躯が淋しくて、頭がおかしくなりそうだった。

ヴィハーンが欲しい。

自分でこうすると決めたのに、我慢が利きそうにない。

発情期に入ってからまったく発散していないため、欲がどろどろと煮詰まっている。今、シシィが放っているにおいはさぞかし濃厚なことだろう。

いいことなんだけど、つらい。

は……っ、は……っと、呼吸まで引き攣り始める。シシィは箱を引き寄せると、震える手で留め金を外した。蓋を開けると、ふわっとヴィハーンのにおいが広がる。

「あ……」

それだけで息が楽になった。

ゆっくりと上半身を起こして、箱の中から引っ張り出したシャツに顔を埋める。ヴィハーンのにおいを吸い込むごとに、お酒を飲んだ時のような心地よい酩酊感《めいていかん》が広がり、ふわふわしてきた。

ヴィハーンには義父たちと共に避難しろと言われていた。だからぎりぎりになってからプラディープ老にこの案を伝えに行ってもらったのに、わざわざシャツを脱いで弟たちに持たせてくれるなんて。やっぱりヴィハーンは優しい。

シシィはずっと自分をどこか欠けたところのある人間のように感じ、劣等感を抱いていた。親の愛というものを知らないからだ。その欠落感はおじいちゃんや弟たちでは埋まらなかったけれど、今はヴィハーンのことを思うだけで、ひらり、ふわり、甘やかな気持ちに満たされる。

ヴィハーンが好きだという気持ちが膨らむ。ずっと肩を並べていたいと狂おしいほどに思う。

魔物の咆哮が聞こえ、門までまっすぐ延びる大通りの向こうに、青い立方体から零れ落ちる魔物が見えた。迷宮奪還戦が始まったのだ。

シシィは獣人ほど目がよくはないけれど、前回あそこにいたから容易に想像できた。

ようやく一匹通れるほどの穴から魔物たちが押しあいへしあいしながら、ぼとぼとと落ちてくる。

魔法が効く魔物は最初に屠っておいた方が効率的だ。

門前広場に出てきた魔物たちが纏まった数に達したところで、ヴィハーンはまず魔法兵たちに強力な魔法を浴びせるよう命じることだろう。探索者たちの出番は数を減らせるだけ減らしてからだ。

魔物がシシィのにおいにおびき寄せられて大通りに出てきても、すぐには手を出さない。大通りを挟む建物の中に身を潜め、標的がちょうどいい感じにばらけるのを待ってから襲いかかる。

物理攻撃しか効かないとわかっているから魔法を使う必要はない。誤射を警戒する必要がない分、のびのびと戦える。それなのに建物の上にシシィの弟たちや残りの魔法兵、魔法や弓矢を使った遠距離攻撃を得意とするエルフたちがいるのは、飛翔能力を持つ魔物の対処と精霊魔法による支援のためだ。

作戦はうまくいっているのだろう。大通りのあちこちでパーティーが戦い始めた。

シシィはヴィハーンのシャツを抱いたまま、ころんと横に倒れる。

オメガに生まれてよかった。

自分がベータではなくオメガだと知った時は結構落ち込んだ。定期的に発情期などという面倒なものに悩まされることになるらしいし、ただでさえ人間というあまり強くなれない種族である上にオメガでは大成できないに決まっている。今日だって魔物との戦闘に加われなかった。男オメガかなんて吐き捨てるように言われたこともある。でも、今、シシィはシシィにしかできない役目を果たしている。

今、発情期に入ったシシィがいなければ、戦いはもっと難しいものになったに違いない。犠牲者も街の被害も何倍にも膨れ上がっていたはずだ。

「本当に、オメガでよかった……」

ほろ、と眦《まなじり》から零れ落ちた涙に、ロニーが驚き声を上げた。

「シシィさん⁉　大丈夫ですか⁉　苦しいんですか⁉」

「大丈夫。発情期を迎えたオメガはちょっと……情緒不安定になってしまうものなんです」

そうだ。この涙は発情期で気が昂ぶっているせい。他に理由なんかない。

おろおろしたものの結局はどうしたらいいかわからなかったのだろう。ロニーが大岩の麓《ふもと》に座り込む。

歪む視界でシシィはぼんやりと探索者たちが戦う様子を眺めた。

小山のような竜種が、結界から這い出すなり落雷に討たれくずおれる。

大通りで暴れていた魔物が魔法を放ったのだろう。探索者がばたばたと倒れていった。

魔法から逃れ飛び立った翼ある魔物目掛け、何か小さなものが次々に放たれる。いいところに当たったのだろうか、魔物の躯が傾ぎ、建物へと突っ込んでゆく……。

どの魔物も結界から出るなりシシィの方へと頭を向けた。別の方向に行こうとした魔物は一匹もいない。

——迷宮ガリでも、階層中ににおいが広がったのかと思うほどたくさんの魔物が集まってきてた。やっぱり魔物は鼻が利くんだ。

「ふ、う……っ」

シシィは更に深くヴィハーンのシャツの中に顔を突っ込む。もう何も考えたくない。ヴィハーンのことだけ想っていたい……。


いつの間にか眠っていたようだった。気がつくと陽が傾いていて、ロニーの声が聞こえた。

「シ、シシィさまっ！　ちょっ、あ、あ、あなた、何でここに……っ、うっ」

うるさいなと思いつつ、目だけシャツから覗かせる。

ふっと視界に影が射したので見上げると、細かく編まれた白い髪を垂らした男がシシィを見下ろしていた。

「つらそうだな。発情期に入ったつがいを魔物の囮にするとは酷い男だ」

あれ？　ユージーンだと、シシィはぼやけた頭で思う。ユージーンの兄はユージーンを拘束しなかったのだろうか。

「……僕が提案したんです」

シシィは少し頭を動かして見回してみる。他に人の気配はない。護衛もいないということは脱走してきたのかもしれない。今は皆、迷宮奪還戦に気を取られている。その隙を突かれたのだろう。

ユージーンが語る。

「知っていたか？　我が皇子なのに迷宮に入るのを許されていたのは、父上や兄上にとって死んだ方が都合のよい存在であったからだ。我の母の後ろ盾だった祖父が逝ったらもう我らには価値などないらしい」

もし発情期でぼーっとしていなかったら、同情したかもしれない物語。でも、残念なことに今のシシィはまともではなく、可哀想な話に心が動くこともなかった。

「だが、そなたは迷宮で我を助けた。助けて、くれた」

シシィは小さく身じろいだ。卵色の髪が落ちてきて視界を塞ぐ。それでもそれまでで一番大きな魔物が迷宮の入り口を壊しつつ這い出てきたのは見えた。大きく開いた口から吐き出された白いもので門前広場が覆い尽くされ、魔法攻撃の音がやむ。

あれ？　もしかして魔法兵、全滅した？

「あの瞬間に確信したのだ。そなたは我の運命だと」

白いものの上に大きな魔物の頭だけが突き出している。鼻面がこちらに向いた刹那《せつな》、膚が粟立った。来る。

巨躯が動き始める。

大岩の上に横たわっているせいで、魔物が踏み出すたびに地面が揺れるのがよくわかった。大通りで戦っている探索者たちは既に疲弊しており、あんな大きな魔物は止められそうにない。弟たちもああいう大きな魔物を狩るのは不得手だ。

ユージーンは鈍いのか、魔物に気づかない。

シシィはのろのろと起き上がった。ナイフを抜くと、ユージーンが顔を歪めた。自分を害す気だと思ったのだろうか。

どすんどすんという足音が近づいてくる。ユージーンがここでようやく迫る魔物に気づいた。逃げ出すかなと思ったけれど、ユージーンはシシィを庇うように前に立った。

――気持ちを返してくれない人のことなんて、放っておけばいいのに。

攻撃魔法を使うつもりなのだろう。高まる魔力に膚がちりちりした。ぼんっという音と共に熱気が髪を煽る。ユージーンが放った巨大な火球が魔物に命中したが、何の反応もない。多分、魔法耐性が高い魔物なのだ。

巨大な顎が目前に広がる。シシィも魔法を使おうとしたが、うまくいかない。頭が働いていないせいか恐怖もない。酔っぱらっている時のようにすべてが遠く、他人事に感じられる。

一呑みにされるかと思った刹那、横殴りの風が吹き、魔物の首が落ちた。

「――はっ、はあ……っ」

糸が切れたようにユージーンがへたり込む。目を上げると、驚くほど長い刀身を持つ剣を手にしたヴィハーンがいた。

いや、剣じゃない。これは以前迷宮で狩った巨大な蜻蛉《とんぼ》のような姿をした魔物の翅《はね》だ。薄く鋭く、恐るべき切れ味を誇る。かつて狩ったものが、魔法具の中に残っていたのだろう。

「ヴィハーン……」

翅が魔法具に収納される。手ぶらになったヴィハーンは大岩に登ってくると、シシィを抱き上げた。

「駄目、です。暴走を、止めないと……」

「問題ない。今のが最後の一匹だ」

そう言うヴィハーンの外套の下には膚が覗いている。シシィにシャツを渡したため上半身の装備を裸の上に直接つけているのだ。そのことに気づいた瞬間、全身の細胞が目覚めたような気がした。

――えっちだ……！

心臓の鼓動が速まる。ヴィハーンを誘うにおいが強まったのが、自分でもわかった。

ユージーンに転がされたのか服と言わず髪と言わず砂だらけのロニーが大岩の下から現れる。

「あっ、よ、よかった、公爵、さま。来てくださったんですね……ひっ」

だが、ヴィハーンに睨みつけられ、また大岩に隠れてしまったので、シシィは気が立った獣のようなヴィハーンの頰を両手で挟み自分の方を向かせた。

「駄目、です、ヴィハーン。彼は僕を心配してここにいてくれたんです。魔法具揃えるのも頑張ってくれたのに、威嚇、しないでください」

発情期のつがいに誰も近づけたくないアルファの本能なのはわかるけれど、これではロニーが可哀想だ。

視線を合わせて言い聞かせると、ヴィハーンは上げかけた唸り声を止め、ロニーに視線を向けた。

「……すまん」

「いっ、いえっ、もったいないお言葉です……ひえっ」

すぐまたシシィに向きなおり唇を奪うヴィハーンに、ロニーの声がひっくり返る。舌まで深々と差し入れられて貪られ、シシィは目を見開いた。

「ん……んん……っ、ぷはっ、待って。ユージーンでんか……っ、も、いる、のに……っ」

手を突っ張って引き剝がそうとすると、ヴィハーンは眉根を寄せる。

「シシィ、俺よりこの男が気になるのか……？」

シシィは俯いた。そんな顔でそんなことを言うなんて、ずるい。

「なりません！　なりませんけど……っ、恥ずかしい、です……」

小さな声でもごもご言うと、ヴィハーンはようやく無理矢理キスしようとするのをやめ、吐き捨てた。

「ユージーン。シシィを見るな」

それだけ言うと、またキスする。

「んっ、もう……門！　東門を入ったところに、馬車がある、から……っ」

めいっぱい顔を背けて抗うと、ヴィハーンはちっと舌を鳴らした。

「ユージーン。後で人を寄越す。それまでここにいろ。おまえは案内を頼む」

「はいっ、あっ、こっちです……っ」

ロニーがよたよたと走り始める。ヴィハーンはもうユージーンには一瞥もくれず大岩を下りた。

「ロニー、ごめん。『銀の鈴亭』まで御者して欲しいんですけど」

ロニーがいなくなった途端に馬車の中で襲われそうな気がして頼むと、ヴィハーンがまた舌打ちした。

「はっ。はひっ。『銀の鈴亭』って、一番高級な宿屋、ですよね……っ」

大急ぎで御者台に乗り込んだロニーが手綱を取る。ヴィハーンは馬車に乗り込むと即座にのしかかってきた。

「駄目です、ヴィハーン、ここ、馬車……っ、あ……っ」

手早くズボンの釦が外され、背中側から下着の中に手を入れられる。小さな尻を揉みしだかれ、シシィは身悶えした。

すぐ前の御者台にロニーがいるのに、何ていやらしい触り方をするんだろう！

ヴィハーンがシシィの首に顔を埋め、においを嗅ぐ。

「戦っている間、おまえのことばかり考えていた」

指先が割れ目をなぞり始める。淡い快感と期待に、シシィは身を固くした。

「赤の月が満ちつつあることにもっと早く気づいて避難させるべきだったとか、もし魔物におまえが……とか」

物欲しげにひくつく蕾《つぼみ》が探り当てられる。既に濡れているそこは軽くいじられるだけで粘つく水音を立てた。

「……はっ、」

「他に有効な策がなかったから止められなかったが、こんな危ないことは二度とするな」

ずぶずぶと指を沈められ、シシィは震えた。

気持ちいい。

「で、も。ン、僕にはこんな、こと、し、か、……あっ、できない、から……っ」

じる。

ゆるゆると中で動いていた指に、感じてならないしこりを押し上げられ、シシィは思わず身をよ

「シシィ」

ああ、もっと、して。

「アブーワに来る前から、はっ、思って、たん、です……っ。僕はヴィハーンとまるで釣りあって、いないって」

赤い眼差しに射竦められる。ヴィハーンは怒っているように見えた。でも、そうじゃない。

「お屋敷に迎え、られて。そんなこと気にすることないって思おうとしてたんですけど……っ、今回だって、僕のせいで、色々っ、面倒なことに、なっちゃって、うなじまで、咬まれちゃって」

シシィは膝でヴィハーンの腰を挟み込んだ。まっすぐに目の中を覗き込む。

「ねえ、ヴィハーン。僕をつがいにしたこと、後悔、してませんか？　僕、ヴィハーンにふさわしいつがいになれてます？」

「……シシィ」

ヴィハーンがきつく目を瞑った。

「釣りあっていないのはむしろ俺の方だ。俺は無骨者で狭量で我慢が利かないと、いつも……っ」

馬車の外から気弱な声が聞こえてくる。

「あのう、『銀の鈴亭』に着きましたけど……あの、聞こえてますかー？」

指が中から引き抜かれる。回収してきていた自分のシャツを掛けることで脱げかけたズボンを隠すと、ヴィハーンは再びシシィを抱き上げて馬車を降りた。びくびくと様子を窺っているロニーには一瞥もせず歩きだす。

シシィはヴィハーンの腕の中、ロニーに手を振った。

「ありがとう、ロニー」

半笑いを浮かべたロニーがぺこりと頭を下げる。

『銀の鈴亭』はこんな時だというのに開いていた。カウンターの中でいつもの従業員が会釈してくる。守護機関に人をやり、東門の外にいるユージーンを迎えに行くよう伝えろと命じると、ヴィハーンは昇降機に乗り込んだ。

先日ヴィハーンが吹き飛ばした部屋の扉はもう直っており、室内も何事もなかったように元通り整えられている。ヴィハーンはまっすぐ寝室に向かい、ベッドにシシィを下ろした。外套が脱ぎ捨てられる。既に中が蕩けているのはわかっている。ヴィハーンは前だけ緩めると、シシィにのしかかった。

ただでさえ大きい上、怖いくらいいきり立っているのに、ヴィハーンは鞘に剣を納めるようにするりとシシィの中に収まった。

「……あ」

「ヴィヴィアン……」

まだ包帯が取れないうなじに唇が押し当てられる。

膚の下を甘い感覚がさざなみのように走り抜け、シシィはふるっと躯を震わせた。

それを痛めつけられた場所に触れられた脅えと解したのか、ヴィハーンが優しく躯を揺すり始める。

「は……っ」

ベッドがゆさゆさ揺れている。ぬるむ粘膜を、熱く硬いモノで擦り上げられるのが気持ちいい。

「あ……ヴィハーン……」

焦れったいくらいの刺激に、躯が昂ぶってゆく。今日はこれまでになく乱れてしまいそうだ。

「シシィ……ヴィヴィアン」

ヴィハーンが長躯を丸めるようにして、シシィの耳元で囁く。

「愛している」

きゅん、と。ヴィハーンをくわえ込んでいる場所が甘く痺れた。

「愛している。愛している……」

シシィは夢中でシーツを握りしめる。どきどきして、胸が壊れそうだ。始まったばかりなのに、中が痙攣し始めている。

「ヴィヴィアン……っ」

「は、あ————ン……っ」

きゅうっとヴィハーンを締めつけて《抱き締めて》、シシィは躯を震わせた。

中が、熱い。

じゅわっと溢れ出した快楽に腰が蕩けている。

「ヴィヴィアン……？」

「ヴィハーン……どしよ、僕、も、イっちゃいました……」

あまりの感じやすさに自分でも戸惑っていると、ヴィハーンが腰を引いた。仰向けに体勢を変えてくれる。

快楽の余韻に浸りながらヴィハーンを見上げていると、ズボンが引き下ろされ、白い腿が露わにされた。

「ああ、とろんとした顔をして。おまえは可愛いな」

シシィはシーツを引っ張って顔を隠した。

「シシィ？」

「何かヴィハーンに可愛いって言われるの……恥ずかしい」

ヴィハーンの口から可愛いという言葉が出てくること自体に違和感を覚える。

ふっとヴィハーンが笑った気配があった。

「そうか。……可愛いぞ、シシィ」

「……もう」

躯を折り畳むようにして膝を割られる。曝け出された秘処に再び熱く漲ったままの雄が押し当てられた。

「……あ」

深々と貫かれながら、シシィはシーツから目だけ出し、欲情した雄の顔をしたつがいを見上げる。色気が滴るようないい男だ。

それなのにヴィハーンはさっき言った。シシィに釣りあっていないのはむしろ俺の方だと。

ヴィハーンは今や領主なのに。アブーワ公爵で、迷宮都市の覇者で、シシィと違って瑕疵の一つもないのに。

なぜそんな風に思うのか全然理解できないけれど、切羽詰まった顔を見たら強張っていた何かがほどけた。

——ヴィハーンでもこんな顔をするんだ。それも、僕のために。

「あっ、あっ、ヴィハーン、きもちい……っ、なんか、僕、今日、変、です。また、クる。きちゃう……っ」

熱い杭で濡れそぼった躯の奥まで丹念に搔き混ぜられて、シシィは喘ぐ。気持ちがよくて仕方がなかった。ヴィハーンに愛されるといつもわけがわからなくなる。

「あ……」

また中で達してしまい上擦った声を上げると、ヴィハーンも低い呻き声を上げた。抱き締められ、

ぐっと腰を押しつけられる。

奥まで届いた切っ先にまた軽くイかされながら、シシィはヴィハーンにしがみついた。まだ足りない。もっと欲しい。……ヴィハーンに滅茶苦茶にされたい。

発情期《ヒート》の熱は当分引きそうにない。

◇　◇　◇

屋敷の厨房は紅苔桃の甘いにおいでいっぱいだった。広々としたテーブルの上にはもうたくさん焼き上がったパイが並べられているのに、天火《オーブン》の中では更にパイが焼かれているし、調理台の上では三角に折った布で髪を押さえたシシィがパイ生地を捏ねている。大鍋の中、砂糖で甘く煮られているのはパイに詰める紅苔桃だ。
作業台の周りには椅子が置いてあって、その上に立った弟たちが粉を振るったりパイ生地の上に煮た紅苔桃を綺麗に並べたりといったお手伝いをしている。
使用人に案内され顔を覗かせたジュールが物珍しげに室内を眺めた。
「ほう、美味しそうだな。私にも一つ分けてもらえないか？」

幼な子たちがぴんと耳を立てる。

「らめー」

「せいれえしゃんにあげゆの」

どうやらなかなか通行証を発行してもらえなかったことをまだ根に持っているようだ。けんもほろろにあしらわれ、ジュールは苦笑した。

「なるほど、精霊への捧げ物か」

「こら、意地悪言わないの。おやつの時間になったら一つ皆で切り分けますから、ご一緒にいかがですか？」

両手を粉だらけにしたシシィが手首で汗を拭う。ささやかな招待に、ジュールが胸に手を当てて一礼した。

「それはぜひご相伴にあずかりたいな」

そういうことをすると、美しい容姿と相まって王子さまのようだ。

「迷宮の調査は終わったんですか？」

パイ生地を折り畳みながらシシィは会話を続ける。弟たちが迷宮奪還戦でも紅苔桃のパイを供物に精霊魔法を連発してくれたおかげで、シシィは大忙しだ。

「第五次調査隊から上がってきた報告によると、魔物の分布は元に戻りつつあるらしい。暴走の終結は間違いなさそうだ」

暴走が鎮まったという知らせが広がり、避難していた人々が続々と帰還しつつあった。

港の外は入港できず順番待ちする船が列をなしている。がらんとしていた門前広場はあっという間に露店で埋め尽くされ、市場は暴走で狩られた素材を売買する人々でごったがえしているらしい。

「シシィに意地悪していたジョーグ男爵が早速帰ってきて捕まったんだって？」

「はい。迷宮奪還戦の翌日に港に降り立ったところを捕縛しました。横領した金銭を返還させてロニーたちに賠償金を払わせたら、財産のほとんどが消えちゃうみたいです。王都で爵位剝奪の手続きも進んでいるらしいですよ」

ジュールは椅子の背もたれを摑んで勝手に調理台の近くに移動させると腰を下ろした。陽射しを浴びた金髪がきらきら光る。

「なるほど、シシィは予定通り、無理のない形で実権を渡してもらったわけだな。今までシシィをないがしろにしていた連中は震え上がったことだろうね。実に愉快だ」

シシィは苦笑した。本当はどうするかなんてまだ何一つ具体的に考えてはいなかったのだけれど、まあ、うまくいってよかった。

「ししーにねー、においつけたはんにんもねー、つかまえたんだよー」

作業に飽きたらしい。ドゥルーブがシシィの足元に纏わりつく。

「におい？」

「さいしょにけっかいをおそーじしたとき、ししー、まものにもてもてだったでしょー？」

「あえ、ひーとのおめがのにおい、つけられたせい」

ジュールは片手で口元を覆った。どんな可愛い話を聞かされるのかと思いきや、悪質な殺人未遂事件があったと聞かされたのである。

「一体何のためにそんな酷いことを」

「僕が傷物になればヴィハーンが愛想を尽かすと思ったんでしょう。あるいは、魔物の怖さを思い知らせてユージーンに身を差し出させようとしたのかも。いずれにせよ、犯人は雇い主のスパージョン侯爵に命令されただけで知らないって言うし、侯爵は知らぬ存ぜぬの一点張り、挙げ句の果てには自分を陥れるために罪をでっち上げる気なのだろうと喚き散らしているらしいから本当のところはわかりませんけど」

「見苦しい奴だ」

「でも、相手は侯爵だから、犯人の証言だけでは罪に問えないんですって」

「まさか、スパージョン侯爵とやらは罪に問われることなく、のうのうとこれまでと同じ生活を続けているのか？」

ジュールが片方の眉だけ持ち上げた。シシィは出来上がったパイ生地を魔法で冷やした箱の中にしまう。

「ええ。でも、今までと同じ生活は無理なんじゃないでしょうか。その日のうちにスパージョン侯爵がヴィハーンの怒りを買ったという話が広がっちゃったみたいですから。迷宮産の宝石を中心に取り扱っていて相当羽振りがよかったらしいですけど、取引相手にそっぽを向かれたって話ですよ」

ヴィハーンに睨まれれば、迷宮産の諸々を手に入れられなくなる。皆、スパージョン侯爵に巻き込まれて利を失うことを恐れたのだ。

「因果応報だな。そのうちちゃっぱり許してくれと土下座してくるかもしれないぞ」

「迷宮奪還戦の前だったら、発情期の香を差し出せば許してあげたんですけど」

スパージョン侯爵はシシィを陥れるためだけに練り香のようなものを作りあげたらしい。それさえあれば、シシィが危険を冒して囮になる必要はなかった。シシィの安全のためならヴィハーンも矛を収めただろうに、もはや温情を掛ける理由はない。

「ああ……君の『オメガのにおいで魔物を釣ろう』作戦は実に秀逸だった。だが、プラディープ老が説明するのを横で聞いていて、私はヴィハーンが気の毒なあまり胃が痛くなりそうだったよ」

オムがこてりと頭を傾ける。

「ろして、らーじゃ、きのどく?」

ジュールは調理台の端に肘を突いて、オムと視線を合わせた。

「ヴィハーンはシシィが心配でたまらないんだ」

一息入れようと、シシィはガラスのポットを取る。

「探索者なんて、いつだって危険と背中合わせなのにですか?」

一々心配していたら身が保たない。だが、シシィを見上げたジュールは真顔だった。

「好きな人に傷ついて欲しくないと思うのは当然のことだろう？　ヴィハーンは大爪蟹との戦いでへばった君を見て、すっかり怖くなってしまったらしい。結界掃討戦にだって本当は行かせたくなかったと言っていた。だが、心配だから行くななどと言ったらシシィの矜持《きょうじ》が傷つくだろう？　だからぐっとこらえて行かせたのに、よりによってうなじを咬まれることになった上、自分も暴走してしまった」

自分のうなじを撫でるジュールに釣られ、シシィもうなじへと手を遣った。水薬のおかげで魔物の咬み痕は跡形もない。ヴィハーンの所有印だけがくっきりと浮かび上がっている。

「さすがのヴィハーンもなかなか立ち直れずにいたところ、更に君が囮になると言いだした。ヴィハーンが内心でどれだけの葛藤を乗り越えてシャツを渡したか、君はもう少し考えてもいい」

リラ茶の茶葉をすくった匙を、シシィはポットの上で傾ける。乾燥した花びらがさらさらと乾いた音を立てた。

今のは全部、本当の話なんだろうか。

「ヴィハーンって、過保護じゃありませんか？」

「今更だろう」

心臓がきゅっとなった。

「今更？　他にも何かありましたっけ？」

「ああ、君はアニクのため、先に戻ったから知らないのか。爵位を継いだ時、貴族どもに言ったんだ。今後は自分だけでなく、シシィにも同等の敬意を払えと。シシィへの侮辱は自分への侮辱とみなす、心しておけと。だから君が虐められていると聞いて、ヴィハーンは愕然としたんだ」

ということはヴィハーンは、貴族たちがシシィに向ける眼差しの冷ややかさに気づいていたのだ。それどころか知らないところで手を尽くしてくれていた。

「かなわないなあ」

シシィは下を向く。オムが調理台とシシィの上半身の間に躯をねじ込んできた。

「ししー、ないてる？」

顔を覗き込まれ、シシィはポットを手に立ち上がって弟たちに背を向ける。

「泣いてないよ」

湯を入れに行こうとするシシィの足元に、幼な子たちがわらわらと纏わりついた。

「ししー、ししー、なかないで」

「じゅーるがししー、なかせたー！」

「やめろ、ヴィハーンに聞こえたら殺されるだろうが！」

本気で焦っている声に思わず噴き出し、シシィはぐいと目元を拭った。しゃがみ込んで弟たちと視線を合わせる。

「哀しくて出た涙じゃないから、大丈夫だよ」

「かなしくないのになみだでるの？」

「へんなのー」

不思議そうな弟たちがあまりにも愛らしくて、ぎゅっぎゅと抱き締めていると、ジュールが鼻をひくつかせた。

「ところでシシィ、焦げ臭くないか？」

「あ！」

もちろんちょっとでも焦げたパイなど精霊へ捧げられない。その時焼いていた分は全部その日のおやつとなり、皆、紅苔桃の甘いパイをお腹いっぱい食べることができた。

◆　◆　◆

その日、港には普段と違う喧噪に包まれていた。ワーヤーンの魔法兵たちが帰国の途につくのだ。

攻撃魔法の音が絶えたのは、早々に効かないと判断し撤退したためだったから、一人の欠けもない。土産物を売り歩く商魂逞しい若者や、魔法兵たちにありがとうと花冠をあげる幼な子、滞在していたこの一週間で仲良くなったのか、別れを惜しみ抱擁を交わしている者たちで港は賑やかだ。

ヴィハーンはザカライアと共に桟橋に立ち、海を眺めていた。潮のにおいの交じる風が心地いい。

既に堅苦しい式典は終わっている。周囲には護衛が数人いるだけで、鬱陶しい貴族たちの姿はない。

「要請に応えてくれたこと、感謝する。おかげでアブーワは滅びずに済んだ」

ザカライアは満足そうに頷く。

「礼を言うのはこちらの方よ。貴重な深層の魔物に加え、魔法具まで数多く手に入れられたのだからな。またの機会があったらいつでも呼ぶとよい。飛んできてやろうぞ」

魔法で風を呼ぶため、魔法兵たちの乗る船は文字通り飛ぶように早い。

「知っていると思うが、収納の魔法具は一年経つと魔法が切れる。メンテナンスには半年以上前から予約が必要だが、今はすぐ申し込んでもどれだけ先の予定が押さえられるかわからないと聞いている」

「空間魔法の使い手が少ないのであったか。便利な魔法具ではあるが、これでは運用するのが難しいのう」

探索者たちに配布された魔法具は既に役目を終えたが、七色天道の鞘翅という素体は残っている。魔法さえ掛け直せばまた使えるようになると気がついた探索者たちの予約が関係機関に殺到しているらしい。

「魔物の暴走の原因について何かわかったか？」

「皆目」

魔物たちは何のために地上を目指してきたのか。こんなことは二度とないのか、それともこれからも繰り返されるのか、繰り返されるのだとしたら次はいつなのか。知りたいことは山ほどあったが、わかったことは一つもない。迷宮は謎に包まれたままだ。

ザカライアは溜息をついた。

「そうであるか。……残念ではあるが危険すぎるゆえ、迷宮は攻略してしまうよう進言しよう。ワーヤーンの兵は魔法こそ卓越しているが、魔法が効かぬ魔物にはとんと弱い。迷宮が溢れたら、国土があまねく蹂躪されかねぬ」

「助力が必要なら呼べ」

ヴィハーンが今日も携えていた剣の柄に手を添えると、ザカライアは頼もしげに頷いた。

「つがい殿にも、弟が迷惑をかけたこと、よくよく謝っておいてくれ」

「ああ」

「根は悪い男ではないのだが、悪意を浴びて育ったせいかいささか捻くれてしまってな。まあ、皇族など多かれ少なかれ歪んでいるものであるが」

式典にユージーンの姿はなかった。シシィには近づかせないと約束した舌の根も乾かぬうちに脱走され、さすがに弟とはいえ甘い顔はできないと、船内で厳重に閉じ込めることにしたらしい。

ザカライアが隣に立つヴィハーンの顔色を窺う。

「そなたには子がいると聞いた」

「ああ。迷宮奪還戦前に父に連れられ王都に避難している」

「オメガなら、我の子に妻合《めあ》わせぬか？」

ヴィハーンは僅かに視線を揺らした。

「……ザカライア殿の子がアニクの運命であるなら喜んで。違ったら駄目だ」

王をしのぐほどの権力を得られる好機なのに運命を優先させるヴィハーンに、ザカライアは声を上げて笑った。

「運命か。聞けばユージーンもつがい殿を運命と確信していたという。そなたたちは互いを互いの運命と確信しているようだが、目に見える形で証すこともできない縁をどうして信じられるのだ？迷宮から出てきた魔物たちもまたシシィ殿に運命を感じていたのやもしれぬぞ？」

「ぞっとしない話だな」

運命もまた迷宮と同じだった。謎に包まれており、本当のところは何一つわからない。そんなものはなくて、誰もが皆、信じたいことを信じているだけなのかもしれない。

「アブーワ大迷宮攻略が無事成るよう、我も祈っておる」

ワーヤーン風の礼を取ったザカライアが己の船に向かって歩き始める。

◇　◇　◇

砂漠から公爵家の屋敷へと続く道を、立派な馬車が走ってくる。仕事の合間にふと窓の外を覗いたシシィは、馬車に気がつくなり書類を放り出し部屋を飛び出した。

アニクだ。避難していた王都から帰ってきたのだ。

階段を駆け下りて玄関ホールを突っ切り、扉を開け放つ。ちょうどその時、屋敷の前に横づけされた馬車の扉が開けられた。

「だーう！」

シシィを見つけたアニクが身を乗り出す。

「まっ、待てっ、アニク……っ」

「おかえりなさい、アニク、お義父さん……！」

小さな足に蹴られ、落としそうになって慌てる義父の腕からアニクを抱き取ると、シシィは久しぶりに会う我が子に頬ずりした。

「帰ってきたのか」

執務室で公務をこなしていたヴィハーンも気づいたらしい。玄関ホールの正面に延びる階段を下りてくる。続いて馬車から降り立った義父が、馬車の屋根に摑まり、よっこらしょと腰を伸ばした。

「おお、ヴィハーン。無事、暴走を止めたそうだな。よくやった」

「当然だ」

「だが、ワーヤーンに大盤振る舞いしすぎではないか？」

「問題ない。どんなにいい素材を手に入れたところで、扱える職人がいなければ意味がない。どうせ大枚叩いてアブーワで処理することになる」

つかつかと歩み寄ったヴィハーンはやわらかさを確かめるようにそっとアニクの頬に触れた。その指をアニクがきゅっと握りしめる。

ヴィハーンの眉間に皺が寄る。怒っているように見えるかもしれないが、怒濤《どとう》のように込み上げてくるアニクへの愛しさに耐えているのだ。

「アニク、王都は楽しかったか？」

ヴィハーンが普段より五割り増し優しい声を発する。喋れないアニクの代わりに返事をしたのは義父だ。

「もちろんだとも！　お友達もたくさんできたし——」

「お友達？」

どうしてだろう。ヴィハーンの顔が険しくなった。

「ああ、実は王家を始めとするいくつかの高貴な血筋の方々から内々にアニクのつがいにどうかと娘を紹介されてな」

「えっ」

もしかしてお友達というのは、見合い相手のことなのだろうか？　アニクはまだこんなに小さいのに貴族って怖いと引くシシィとは違い、ヴィハーンは果断だった。

「この子に親の決めた婚約者をあてがう気はない」

「そう言うと思ったので、遠回しにそんなような返事をしておいた。まあ、それは余録だ。王都で今評判の薔薇園を見物に行ったり、新しい衣装を仕立てたりと、毎日実に有意義な避難生活を送ってきたぞ」

そう言う義父の後ろでは、使用人たちがリボンのかかった化粧箱をいくつも馬車から運び出している。

「お義父さん、あれは」

「うむ。アニクの衣装だな。アブーワにはあまりこういった方面に秀でた職人がいないからな。いい機会だと思っておくるみから靴まで新調してきた」

「鳥籠もあるようだが」

「アニクがたまたま市場で売られていた南方の小鳥をいたく気に入ったようだったのでな。買った」

「木馬に揺り籠まで……！」

「王家御用達《ごようたし》の職人に無理を言って作ってもらったのだぞ？　なかなかのものだろう」

どうやら義父は、ヴィハーンもシシィもいないのをいいことに、全力でじじ馬鹿っぷりを発揮してきたらしい。よく見ると、アニクが着ている縁に銀の房がついた白いおくるみも見たことがないものだ。

こちらは魔物の対応に苦慮していたのにと思うと引っ掛かるものがあるが、義父のどこまでも清々《すがすが》しい笑顔を見ていると力が抜けた。

「とにかく――何事もなくまたこのお屋敷で暮らせるようになってよかったです。アニクはいい子にしていましたか？」

「もちろんと言いたいところだが、夜になると親が恋しくなるようでよくぐずっていた。しばらく甘やかしてやってくれ」

シシィはヴィハーンと二人でアニクの顔を覗き込む。恋しがってくれたのだと聞いたら、ますます愛おしい気持ちが膨れ上がってしまい苦しいほどだ。だが、切ないような気持ちを噛みしめている間もなく嵐がやってきた。

「あーっ、あにくだっ。あにく、かえってきてるっ」

「おかえり、あにく！」

「ししー、しゃがんで！　あにく、みせて！」

「だっこしたい！　だっこさせて！」

講堂で勉強をしているはずの弟たちがわーっと玄関ホールに駆け込んでくる。シシィは弟たちを壁際に据えられたソファに座らせてから、アニクを抱かせてやった。

ふくふくした幼な子が赤子を膝の上に抱いて可愛がる姿に、心が和む。だが、幼な子たちが赤子に掛けている言葉はなかなかに物騒だった。

「あにく。おむたちね、うんといっぱいまものをたおしたんらよ」

「おっきくなったらあにくにも、たたかいかた、おしえてあげゆ」

「でも、おっきくなるまで、あぶーわだいめーきゅーあるかなあ？」

「おむたちに、こーりゃくされちゃってるかもしんないもんねえ？」

「あ、くちゃい。ししー、あにく、うんちー！」

◇　◇　◇

その夜は久しぶりに三人で寝ることにした。二人のまん中に転がされたアニクは高く掲げた足の指を空中で握ったり開いたりしている。先に入浴したおかげで全身ほかほか、血色もいい。

「玄関ホールで父上と何を話していたのだ？」

ベッドに腰掛けて丹念に濡れた髪を拭っているヴィハーンが問う。アニクを弟たちと遊ばせている間、シシィが義父と話をしていたことに気がついていたらしい。

「お義父さん、今回のことで、観念したみたいです。どうやら大迷宮は攻略しないわけにはいかないようだなって」

「ようやくか」

溜息をつくヴィハーンにシシィは思わず笑ってしまう。

「お義父さんはヴィハーンが心配なんです」

「その割には俺たちが戦っている間、王都生活を満喫していたようだが」

「何にせよ、一歩前進です」

アブーワ大迷宮攻略。それがヴィハーンの夢だ。

義父の反対を押し切り強行するのはやはり大変だったのだろう、ヴィハーンも表情を緩めた。

「ランカーたちに声を掛けた。次はもっと大人数でもっと深い階層まで潜る」

「深々層にはまだ誰も見たことがない魔物がいるんですよね？　戦ってみたいなあ」

すっかり寝る用意を調えてベッドに上がると、ヴィハーンが髪を拭っていた布を置き、アニク越しに額にキスしてきた。

「……何ですか？」

「今更だが、迷宮奪還戦に勝利できたのはおまえのおかげだ。ありがとう」

「……！」

そんなことないと言おうと思ったのに、目の奥がじんと熱くなる。

シシィがヴィハーンと出会ったのは一年前、アブーワに来て、一緒に迷宮に潜ってくれる仲間を探している時だった。ちょうどそれまでパーティーを組んでいた仲間と決別し、新しいパーティーメンバーを探していたヴィハーンは既にトップランカーで、ジュールからシシィを紹介されると露骨に厭そうな顔をした。おじいちゃんによって戦う術《すべ》を叩き込まれていなければ、シシィはすぐにヴィハーンに見捨てられていたに違いない。

だから大爪蟹の前で不覚を取った時、シシィはヴィハーンの傍にいる資格を失ったような気持ちになった。

——でも、僕はちゃんとこの人の役に立てた。この人もそれを認めてくれた。

「役に立ててよかったです」

横臥《おうが》すると、ヴィハーンが顔にかかる髪を掻き上げてくれた。

「俺と出会ってから、おまえに損をさせてばかりいるような気がする」

「そんなことないです。ヴィハーンがいたおかげで、まだ小さい弟たちとの探索をこんなに早く実現することができました。食べる心配もしなくてよくなったし、ベッドはふかふかだし——」

冗談半分に羅列すると、ヴィハーンもベッドに寝そべり、突いた肘で頭を支えた。

「おまえは欲がなさすぎる」

「そんなことないです」

「では、言ってみろ。今のシシィの一番の望みは何だ？」

至近距離から見つめてくる赤い瞳をシシィは見つめ返す。

一番の望み。いいおかあさんになりたいとか、ヴィハーンと釣りあう人になりたいとか、望みはたくさんあるけれど。一番はやっぱり。

「――ヴィハーンと一緒にアブーワ大迷宮を攻略することです」

くっとヴィハーンの喉が鳴る。

「一緒だな」

そう言うと、ヴィハーンは深くくちづけてくれた。

こんにちは。成瀬《なるせ》かのです。

おかげさまで、「獣人アルファと恋の迷宮」二冊目を書く機会をいただけました！　前作を買ってくださった皆々様、ありがとうございます。大好きなダンジョンものをまた書けて嬉しいです。今作はタイトル通り、ダンジョンものでは定番のスタンピード（暴走）がメインです。

ヴィハーンとシシィの恋愛の方も、ユージーンという異国の皇子さまがちょっかいを出してきたせいで、ヴィハーンが大暴走しています。

実は最初に立てたプロットでは、もっとつらくて切ない展開だったのですが、編集さまに重たすぎるのでは的なご指摘をいただき、確かに読んでじめじめするような話を書きたいわけではなかったなと割と軽め……軽め……？　の仕上がりを目指してみました。シシィと一緒に、ちびたちの初めての迷宮探索や魔物狩りを楽しんでいただけたら幸いです。

成瀬かの

CROSS NOVELSをお買い上げいただき
ありがとうございます。
この本を読んだご意見・ご感想をお寄せください。
〒110-8625
東京都台東区東上野2-8-7　笠倉出版社
CROSS NOVELS編集部
「成瀬かの先生」係／「央川みはら先生」係

CROSS NOVELS

獣人アルファと恋の暴走

著者

成瀬かの

2022年2月23日　初版発行　検印廃止

発行者　笠倉伸夫
発行所　株式会社　笠倉出版社
〒110-8625　東京都台東区東上野2-8-7　笠倉ビル
［営業］TEL　0120-984-164
FAX　03-4355-1109
［編集］TEL　03-4355-1103
FAX　03-5846-3493
http://www.kasakura.co.jp/
振替口座　00130-9-75686
印刷　株式会社　光邦
装丁　河野直子（kawanote）
ISBN 978-4-7730-6328-8
Printed in Japan